Lara Görtner · Fuþark Saga

Lara Görtner

Fuþark Saga

Fantasyroman

FRANKFURT A.M. MÜNCHEN LONDON NEW YORK

Das Programm des Verlages widmet sich aus seiner historischen Verpflichtung heraus der Literatur neuer Autoren. Das Lektorat nimmt daher Manuskripte an, um deren Einsendung das gebildete Publikum gebeten wird.

©2006 WEIMARER SCHILLER-PRESSE
Ein Imprintverlag des Frankfurter Literaturverlags GmbH
Ein Unternehmen der Holding
FRANKFURTER VERLAGSGRUPPE
AKTIENGESELLSCHAFT AUGUST VON GOETHE
In der Straße des Goethehauses/Großer Hirschgraben 15
D-60311 Frankfurt a/M
Tel. 069-40-894-0 ✻ Fax 069-40-894-194

www.frankfurter-literaturverlag.de
www.august-goethe-verlag.de
www.haensel-hohenhausen.de
www.fouque-verlag.de
www.ixlibris.de

Bibliografische Information Der Deutschen Bibliothek
Die Deutsche Bibliothek verzeichnet diese Publikation in der Deutschen Nationalbibliografie; detaillierte bibliografische Daten sind im Internet über http://dnb.ddb.de abrufbar.

Satz und Lektorat: Volker Manz
Umschlagdesign: Lara Görtner
ISBN 3-86548-621-5
ISBN 978-3-86548-621-9
ISBN 1-84698-193-X
ISBN 978-1-84698-193-7

Die Autoren des Verlags unterstützen das Albert-Schweitzer-Kinderdorf in Hessen e.V., das verlassenen Kindern ein Zuhause gibt.
Wenn Sie sich als Leser an dieser Förderung beteiligen möchten, überweisen Sie bitte einen – auch gern geringen – Beitrag an die Sparkasse Hanau, Kto. 19380, BLZ 506 500 23, mit dem Stichwort „Literatur verbindet". Die Autoren und der Verlag danken Ihnen dafür!

Dieses Werk und alle seine Teile sind urheberrechtlich geschützt.
Nachdruck, Vervielfältigung in jeder Form, Speicherung,
Sendung und Übertragung des Werks ganz oder
teilweise auf Papier, Film, Daten- oder Ton-
träger usw. sind ohne Zustimmung
des Verlags unzulässig und
strafbar.

Printed in Germany

Für Iris und Peter

Tag 1

„Da wären wir", sagte Faith Lassiter und breitete die Arme aus. „Ist das nicht toll?"
„Na ja." Gazhalia, ihre 16-jährige Tochter, zuckte mit den Schultern. „Ich wusste ja schon vorher, wie New York aussieht. Was ist jetzt so anders?"
„Jetzt, mein Engel", entgegnete ihre Mutter, „jetzt sind wir zum ersten Mal selbst hier und werden hier leben."
„Ich weiß noch nicht, ob ich das so toll finde ..." Gazhalia zog ihren Rucksack auf die Schultern und packte ihren Koffer.
Faith winkte ein Taxi herbei und schnappte sich die anderen beiden Koffer. Sie standen vor dem Bahnhof, wo sie vor einigen Minuten angekommen waren.
Nun luden sie ihr Gepäck in den Kofferraum des Taxis und setzten sich.
„Was hast du denn auf einmal gegen New York?", wollte Faith wissen. „Du liebst doch Großstädte!"
„Ja, aber ich hasse Umzüge", knurrte Gazhalia grimmig und schaute nachdenklich aus dem Autofenster.
„Du solltest dankbar sein, dass wir immer umziehen, bevor du von der Schule geworfen werden kannst. Andauernd stellst du irgendwas an! Ich bekomme ja fast wöchentlich einen Brief von irgendeinem Lehrer. Ein Wunder, dass dich noch nie eine Schule geschmissen hat."
„Ja, aber in San Fransisco hatte ich endlich einmal Freunde gefunden. Und es gefiel mir dort wirklich sehr gut. Wieso hast du mich nicht dort gelassen?" Gazhalia schaute ihre Mutter flehend an, obwohl sie wusste, dass dieses Thema längst erledigt war.
„Freunde?" Faith lachte auf. „Das waren doch keine Freunde! Die beiden hatten nur einen schlechten Einfluss auf dich.

Es ist gut, dass wir von dort weggezogen sind." Sie hatte schon immer etwas gegen Lee und Mary gehabt. Die beiden trugen immer nur schwarze Kleidung und sahen für Faith aus wie Leichen. Sie war der festen Überzeugung, dass sie irgendeiner Sekte angehörten.

„Das ist nicht fair", beschwerte sich Gazhalia wieder. „Du kennst sie ja nicht mal richtig. Du urteilst nur nach dem Aussehen!"

„Das ist nicht wahr, Gazha." Nun schaute Faith streng auf ihre Tochter.

Ich hasse diesen Blick, dachte Gazhalia und schaute schnell wieder zum Fenster hinaus.

Das Taxi hielt an.

„So, das hier ist unser neues Zuhause", freute sich Faith. „Und du, Gazha, bist ein intelligentes Mädchen. Du müsstest dir nur ein bisschen Mühe geben, dann würdest du die Schule mit links schaffen. Also, wenn du noch einmal solchen Mist baust wie letztes Mal – oder die ganzen Male davor –, dann schicke ich dich auf ein Internat, das kannst du mir glauben!"

„Immer noch besser, als mit dir von Stadt zu Stadt zu ziehen …", murmelte Gazhalia.

In ihrem neuen Zimmer in einer Wohnung im achten Stockwerk stand ein ausziehbares Sofa, ein Kleiderschrank und ein Schreibtisch mit einem Stuhl. Ein kleines Regal hing an der Wand über dem Sofa.

Gazhalia stellte ihren Koffer mitten im Zimmer ab und kramte einen Kugelschreiber und einen karierten DIN-A4-Block aus ihrem Rucksack, bevor sie ihn aufs Bett warf. Dann setzte sie sich an den Schreibtisch und begann, einen Brief an ihre Freundin Mary zu schreiben. Mit ihr und Lee zusammen war sie nachts einmal in die Schule eingebrochen und hatte im Lehrerzimmer etwas Valeriansäure ausgekippt,

sodass es dort danach wochenlang nach Katzenkot gestunken hatte. Leider waren Gazhalia und Lee auf dem Rückweg erwischt worden. Nur Mary war heil davongekommen und von den anderen beiden auch nicht verraten worden.
Danach hatte es großen Ärger gegeben und Gazhalias Mutter hatte sie mit monatelangem Hausarrest bestraft, der jetzt noch galt.
„Aber lustig war es schon ..." Gazhalia schmunzelte bei der Erinnerung. Das Lehrerzimmer dort war nun gesperrt, bis der unangenehme „Duft" verflogen war.
Sie schrieb den Brief zu Ende, packte ihn in einen Umschlag und ging damit zu ihrer Mutter in die Küche.
„Haben wir Briefmarken da?"
„Ja, ich hab noch welche. Hier!" Faith drückte ihr ein paar lose Briefmarken in die Hand und beschäftigte sich dann gedankenverloren weiter mit dem Auspacken.
„Danke." Gazhalia frankierte den Brief und verließ die Wohnung. „Mal sehen, ob ich einen Briefkasten finde", sagte sie zu sich selbst, während sie die Treppen der acht Stockwerke hinunterging. Der Aufzug war defekt.
Typisch, dachte sie, da, wo wir hinziehen, ist alles defekt. Passend zu unseren defekten Familienverhältnissen ...
„Oh, Entschuldigung!", sagte eine Stimme, kurz nachdem eine Tür Gazhalia mit viel Wucht umgeworfen hatte.
„Uhh..." Sie saß am Boden und hielt sich den Kopf. „Ganz schön harte Türen hat dieses Haus ..."
Sie war im zweiten Stockwerk, und ein Junge hatte gerade die Wohnungstür von innen geöffnet, als Gazhalia daran vorbeigegangen war.
„Es tut mir Leid. Ich hatte es gerade eilig", entschuldigte sich der Fremde noch einmal und half Gazhalia auf die Beine.
„Ich bin Mike Cage. Du musst die neue Mieterin im achten Stock sein, richtig?"

„Ja, ich bin Gazhalia Lassiter. Ich wohne jetzt hier mit meiner Mutter. Ähm – kannst du mir sagen, wo ich den nächstbesten Briefkasten finde?"
„Ja, klar, komm mit."

Tag 2

„Das ist eure neue Mitschülerin: Gazhalia Lassiter", stellte der Lehrer sie am nächsten Morgen ihrer neuen Klasse vor. „Setz dich doch dorthin, neben Yrja ist noch ein Platz frei", schlug er vor, und durch die Klasse ging ein Kichern.
Na, toll, mit dieser Yrja scheint ja schon was nicht zu stimmen. Die ist bestimmt irre im Kopf oder so, dachte Gazhalia sofort und setzte sich dann auf den zugewiesenen Platz.
„Erzähl uns doch was über dich, Gazhalia", forderte der Lehrer sie nun auf.
Gazhalia erhob sich und überlegte, was sie sagen sollte. „Ich bin in Deutschland geboren. Meine Eltern sind geschieden und ich lebe bei meiner Mutter, die durch ihren Job oft umziehen muss. Zuletzt wohnten wir in San Fransisco. Dort ist es um einiges schöner als hier in New York."
„In Ordnung, setz dich", sagte der Lehrer und eröffnete die Stunde: Mathe.
„Das klang sehr provokativ", mischte sich Yrja flüsternd ein.
„Meine Sache", gab Gazhalia kurz angebunden zurück.
Yrja setzte ihre Brille auf, um lesen zu können, was der Lehrer an die Tafel schrieb. Gazhalia spielte mit ihrem Kugelschreiber herum und überlegte, was sie gegen ihre Langeweile machen könnte. Sie warf kurz einen Blick zu Yrja hinüber. Sie hatte ihre Haare zu einem Dutt zusammengebunden und trug darüber ein überaus hässliches Haarnetz.
„Machst du dich absichtlich so hässlich?", fragte Gazhalia sie leise.
„Wie bitte?" Yrja schaute sie total entgeistert an.
„Schon gut", winkte Gazhalia ab und wandte sich wieder ihrem Kuli zu.

In der Mittagspause setzte sich Gazhalia mit ihrem Essen neben Yrja, die gerade in ein Buch vertieft war, und zupfte ihr das Haarnetz vom Kopf.
„Hey!" Yrja wandte sich von ihrem Buch ab und starrte wütend in Gazhalias Gesicht. Diese zog auch noch die zwei Holztäbchen aus dem Dutt, sodass Yrjas Haare auseinander fielen.
„Deine Haare sind ja ganz schön lang", meinte Gazhalia und betrachtete ihr Werk abschätzend. Yrjas rotbraune Haare reichten ihr bis zum Po und waren seidenglatt.
„Gib das wieder her", bat Yrja und deutete auf ihr Haarnetz. Ängstlich schaute sie sich um.
„Hast du Angst, dich könnte einer mit offenen Haaren sehen?", fragte Gazhalia erstaunt. „Du siehst doch so viel schöner aus."
„Du hast doch keine Ahnung!" Yrja riss ihr das Haarnetz aus der Hand. „Es schützt mich vor den dunklen Mächten. Die haben es auf meine übernatürlichen Kräfte abgesehen. Sie suchen mich. Ich muss mich vor ihnen schützen. Das Haarnetz ist in Weihwasser getränkt, so können die Mächte nicht in meinen Kopf eindringen und mich manipulieren."
Gazhalia zog die Augenbrauen hoch. „Du hast echt 'nen Schuss weg." Dann fing sie laut an zu lachen.
Einige im Speisesaal drehten sich zu ihnen herum und warfen erstaunte Blicke auf Yrjas offenes Haar.
„Oh nein", flüsterte diese und knubbelte notdürftig ihr langes Haar unter das Netz.
„Tut mir schrecklich Leid, falls ich irgendeinen magischen Kreis gestört haben sollte", sagte Gazhalia und grinste breit. Das Lachen konnte sie sich kaum verkneifen.
„Ich spüre es", sagte Yrja und ihr Blick wurde leer.
„Hö? Wie? Was?" Gazhalia konnte Yrjas Gedankensprüngen nicht ganz folgen.

„Von dir geht eine starke Energie aus." Sie packte Gazhalias Hand und drehte die Handfläche nach oben. „Ich werde aus deiner Hand lesen."
Gazhalia verdrehte die Augen. „Wenn ich gewusst hätte, dass ich hier an eine Hexe geraten bin ..."
„Hexe? Nein, ich bin keine Hexe." Yrja schüttelte den Kopf. Dann wurde ihr Blick starr vor Entsetzen. Als hätte sie sich vor etwas Furchtbarem erschrocken.
„Was ist jetzt wieder los?", wollte Gazhalia wissen.
„Oje, oje", sagte Yrja und schaute von der Hand in Gazhalias Gesicht. „Du bist es."
„Wie bitte? Ich bin was?"
„Ich bin kein Profi, meine Kräfte sind nicht stark genug. Hast du heute schon was vor? Ich würde gerne mit dir zu Madame Lyl gehen. Sie ist die beste Wahrsagerin der Stadt."
„Wie? Wahrsagerin? Was? Och, komm hör auf mit dem Müll – ich glaube nicht an solchen Zauberquatsch."
„Na, bist du an unsere Expertin für Übernatürliches geraten?", meldete sich eine Stimme hinter Gazhalia.
„Mike, hallo", begrüßte sie ihn, froh über die Rettung aus diesem Gespräch.
„Würg, ich gehe." Yrja erhob sich und ging mit ihrem Buch davon.
„Sie scheint dich nicht gerade zu mögen", bemerkte Gazhalia.
„Sie mag niemanden, weil niemand sie mag", erklärte Mike kurz und setzte sich auf den Platz, wo Yrja gesessen hatte. „Sie redet immer nur wirres Zeug von Zauberei und irgendwelchen Mächten und Prophezeiungen ... Sie spinnt eben ein bisschen."
„Sie meinte, sie spürt irgendwas bei mir. Die kann ja richtig unheimlich werden ..." Gazhalia schauderte bei der Erinnerung an Yrjas Worte: Du bist es.

„Ach, die spürt doch bei jedem irgendwas", wehrte Mike ab.
„Auch zu mir hat sie gesagt, dass sie etwas spürt. Und dann sagte sie ‚Du bist auserwählt!' zu mir und starrte mit ihrem Blick durch mich durch. Da wurde mir auch ganz anders. Aber sie redet eben nur so ein Zeug ... Mach dir mal keine Gedanken."
„Ja, du wirst Recht haben", gab Gazhalia gedankenverloren zu. Dann schüttelte sie den Kopf und wechselte das Thema.

„Du hast Post von Lee", begrüßte Faith ihre Tochter, als diese zur Tür hereinkam.
„Hallo, ja, mein Tag war auch schön." Gazhalia grinste.
„Tut mir Leid", meinte Faith. „Wie war dein erster Schultag?"
„Toll", begann Gazhalia. „Also, mein Mathelehrer heißt Herr Wilson und ist sehr freundlich. Ich sitze aber in Mathe neben so einem merkwürdigen Mädchen, die immer nur von Zauberei und so einem Quatsch redet. Sie heißt Yrja."
„Yrja ist ja auch schon ein seltsamer Name." Faith drückte Gazhalia eine Postkarte in die Hand. „Und wie lief's sonst so?"
„Alles prima." Gazhalia las die Karte. Lee hatte ihr aus dem Urlaub geschrieben. Er war in Spanien gewesen. „Ich würde auch gerne einmal nach Spanien."
„Mal sehen, vielleicht ziehen wir ja als nächstes nach Spanien ... hach", seufzte Faith, „wir waren lange nicht in Europa."
„Ich will doch nicht dahin ziehen!", rief Gazhalia, „Ich will nur Urlaub machen. Wir machen nie Urlaub, weil wir so oft umziehen ..."
„So ist nun mal mein Job. Sei froh, dass ich einen habe!" Faith sah gereizt aus. Es war immer wieder dieselbe Diskussion.
„Wieso hat Dad nicht das Sorgerecht bekommen? Dann könnte ich ein ganz normales Leben führen!"
„Gazhalia!"

Nun hatte sie etwas Falsches gesagt, und das wusste sie. Das Thema „Vater" machte Faith immer wütend. Gazhalia zog sich in ihr Zimmer zurück. Doch sie wusste nicht, was sie tun sollte. Ohne Lee und Mary war es so langweilig. In San Fransisco hatten sie sich jeden Tag getroffen und irgendetwas angestellt. Nun musste sie sich erst wieder neue Freunde suchen. Sollte sie unten bei Mike klingeln und fragen, ob er Zeit habe?
Da klingelte es an der Tür.
„Hallo, Mrs. Lassiter", hörte Gazhalia eine bekannte Stimme sagen. „Ist Gazhalia da?"
„Hallo, Yrja", begrüßte Gazhalia sie und kam an die Tür.
Faith schaute verwirrt von einer zur anderen und warf Gazhalia einen fragenden Blick zu. Gazhalia war ihrerseits verwirrt.
„Y-Yrja?", fragte Gazhalia. „W-Was tust du hier?"
„Schon vergessen?" Yrja schaute sie herausfordernd an. „Wir wollten doch heute Nachmittag zusammen durch die Stadt gehen." Sie weitete kurz die Augen.
„Ah! Ahja, klar!", rief Gazhalia, denn ihr war eingefallen, dass Yrja sie zu dieser Wahrsagerin schleppen wollte.
Als sie aus dem Haus heraus waren, fing sich Gazhalia wieder. „Warum bist du hergekommen? Ich hab nicht gesagt, dass ich da mit hinwill!"
„Du musst aber." Yrja packte sie am Handgelenk und zog sie rasch vorwärts. „Madame Lyl wird dir helfen können."
„Helfen? Ich brauche aber keine Hilfe!"
„Doch. Denn du bist es."
„Ich bin was? Sag mir endlich, was du damit meinst!" Gazhalia wurde dieses Getue langsam unheimlich.
„Dass du zu Mike Cage Kontakt hast, ist noch ein Beweis", sagte Yrja, woraufhin Gazhalia gar nichts mehr verstand.

„Was hat Mike damit zu tun?", wollte sie wissen. „Ich dachte, du kannst ihn nicht leiden?"

„Tu ich auch nicht. Aber ich kann nicht beeinflussen, wer die Auserwählten sind. Und er ist einer davon."

Gazhalia erinnerte sich daran, dass Mike ihr von seinem Gespräch mit Yrja heute Mittag erzählt hatte. „Auserwählt für was?"

„Du wirst es wissen, wenn du daran glaubst", sagte Yrja geheimnisvoll, „Solange du nicht glaubst, wird deine Kraft nicht erwachen."

„Hä?" Gazhalia hatte sich noch nie für Magie und Zauberei interessiert. Sie hatte keine Ahnung von Mächten und Kräften, Runen und Steinen oder wovon auch immer irgendetwas ausging. Sie wusste bis heute nicht, was eine Aura sein sollte.

„Sag mal, kannst du nicht realistisch denken? Irgendwelche Kräfte können gar nicht existieren!", versuchte Gazhalia Yrja und auch sich selbst zu überzeugen.

„Und wie erklärst du dir Kornkreise und dass es Fische regnen kann?", warf Yrja ein.

„Es wurde bewiesen, dass Kornkreise von Wirbelstürmen stammen, und wenn solche Stürme durch Seen wirbeln, werden die Fische mit herausgerissen, sodass sie woanders herunterregnen!" Gazhalia hatte einmal einen Film darüber gesehen, in dem viele solcher angeblichen übernatürlichen Vorfälle erklärt worden waren.

„Von mir aus", meinte Yrja und zog Gazhalia weiter. „Aber wie erklärst du dir telekinetische Kräfte, die manche Leute haben?"

„Tele… was?"

„Oh Mann!" Yrja seufzte. „Du hast ja echt keine Ahnung … Na ja, da wären wir."

„Hm?" Gazhalia ließ sich von Yrja in ein seltsames Zelt hineinführen. Alles war dunkel, einige Kerzen brannten. „Das man so etwas in New York finden kann." Sie war überrascht.
„Man kann ja auch dich in New York finden, obwohl du hier nicht hergehörst", sagte Yrja und lächelte. Gazhalia runzelte die Stirn. Wie hatte sie das wieder gemeint?
„Madame Lyl?", fragte Yrja vorsichtig, „Ich habe sie gefunden."
Gazhalia sah vor sich einen kleinen samtbezogenen Hocker, einen Tisch mit einer grünlichen Kugel, und dahinter saß eine verschleierte, dickliche Frau.
Yrja schob Gazhalia etwas auf den Hocker zu und zog sich dann zurück.
Nachdem sie sich gesetzt hatte, begann die Wahrsagerin zu sprechen. „Bist du bereit, deinem Schicksal ins Gesicht zu sehen?"
„Na ja, wenn man es so sieht ...", begann Gazhalia. „So etwas wie Schicksal gibt es nicht. Genauso wenig wie Vorhersehung und den ganzen anderen Unfug! Also, versuchen Sie ruhig, mir irgendetwas einzureden. Es ist umsonst."
„Du machst nicht den Eindruck, als wärst du sie", meinte Madame Lyl nachdenklich. „Ein letzter Test ... Hier, nimm das."
Sie drückte Gazhalia kurzerhand ein komisches Zeichen in die Hand, das aus kaltem Stein war. Sie spürte es, irgendetwas, aber es war ganz deutlich da. Gazhalia zwang sich, einen ganz normalen Gesichtsausdruck zu machen, doch ihre Hand wollte zittern. So eine Kraft hatte sie noch nie gefühlt, sie spürte eine neue Stärke in sich, als könnte sie alles erreichen.
Sie räusperte sich kurz. „Ähm, ja, was soll ich jetzt damit?"
„Nichts", sagte die alte Dame und warf ihr einen letzten durchdringenden Blick zu. „Yrja?"
Yrja trat wieder ein. „Na? Glaubst du jetzt an deine wahre Kraft?"

„Sie ist es nicht. Sie hat weder den Glauben, noch reagiert sie auf die Fe-Rune." Madame Lyl wirkte traurig. „Es wäre auch ein Wunder gewesen, sie hier in New York zu finden."
„Ihr spinnt doch alle!" Gazhalia stand auf und rannte davon. Sie wollte auf dem schnellsten Weg nach Hause. Doch als sie aus dem Zelt heraus war, wusste sie nicht, wo sie sich befand. Sie stand irgendwo ganz allein in Manhattan und kannte sich nicht aus. Sie rannte einfach los. Hauptsache weg von hier. Weg von dem ganzen Zaubergequatsche und den ganzen Dingen, die sie nicht verstand.
Irgendwann, sie wusste nicht, wie lange sie schon gelaufen war, hielt sie an und ließ sich auf eine Parkbank fallen. Sie war kein bisschen außer Atem, obwohl sie doch so lange gelaufen war.
Wie kann das sein?, fragte sie sich. Bin ich wirklich nicht normal?
Sie öffnete ihre Hand und starrte auf das merkwürdige, steinerne Zeichen.
„Sie reagiert nicht auf die Fe-Rune", hatte Madame Lyl gesagt.
„Fe?", fragte Gazhalia laut und legte die Stirn in Falten. „Fe? Was zum Henker bedeutet Fe?"
Sie stand auf und steckte die Rune in ihre Hosentasche. Dann sprach sie die nächstbeste Person an und fragte nach dem Weg. Innerhalb zehn Minuten war sie wieder zu Hause.
„Ah, der Aufzug geht wieder", freute sie sich, als das „Aufzug defekt"-Schild nicht mehr dort hing. Dann erst bemerkte sie Mike, der auch auf den Aufzug wartete.
„Hi, Gaz", grüßte er.
„Huch, hallo! Ich war ganz in Gedanken", erklärte sie schnell.
„Wo warst du denn?", wollte er wissen.

„Ach, Yrja stand auf einmal vor meiner Tür", wich Gazhalia aus. „Sie wollte mir etwas die Stadt zeigen …"
„Sie wollte dich zu ihrer Wahrsagerin schleppen", stellte Mike klar, und als er Gazhalias verständnislosen und etwas erschrockenen Blick bemerkte, fügte er hinzu: „Mich wollte sie da auch einmal hinbekommen, aber ich hab mich nicht darauf eingelassen."
Der Aufzug war angekommen und die beiden stiegen ein.
„Wieso fährst du Aufzug?", fragte Gazhalia, „Du wohnst doch im zweiten Stock. Da bist du zu Fuß doch schneller."
„Die Treppe nehme ich nur, wenn ich es eilig habe. Aber mein Vater will mir heute seine neue Freundin vorstellen … Da lasse ich mir lieber etwas mehr Zeit." Mike grinste.
„Hm…", machte Gazhalia und zog die Rune aus ihrer Tasche.
„Was ist das?", wollte Mike wissen.
„Fe", sagte Gazhalia, ganz ohne nachzudenken.
„Wie?"
„O-Oh, ach nichts …", wehrte sie schnell ab. „Das hat mir diese seltsame Wahrsagerin in die Hand gedrückt. Sie sagte, das wäre eine Fe-Rune … Ich hab aber keine Ahnung, was das heißen soll."
„Irgendwie kommt mir dieses Wort bekannt vor", murmelte Mike.
„Wie bitte? Ehrlich?" Gazhalia war erstaunt.
Der Aufzug hielt an. Die Anzeige stand auf Zwei, doch die Türen öffneten sich nicht.
„Ähm, was is denn jetzt los?" Gazhalia drückte noch mal auf den Knopf mit der Zwei.
„Der Aufzug ist wohl doch noch defekt …" Mike zuckte mit den Schultern. „Dann sitzen wir jetzt wohl hier fest."
„Dir scheint das ja nicht viel auszumachen", stellte Gazhalia fest.

„Ich sollte mich nicht beschweren. Schließlich hat es auch Vorteile, allein mit einem hübschen Mädchen in einem Aufzug festzustecken." Er grinste.
„Ja, ja." Sie musste lachen. „Typisch Männer ... Ah, heiß!" Sie ließ sie Rune fallen wie eine heiße Kartoffel.
„Was ist passiert?" Mike blickte verwirrt.
„Sie hat geglüht." Gazhalia betrachtete ihre schmerzende Handfläche. Es war nichts zu sehen. „Sie war ganz heiß."
„Da, es leuchtet!" Mike zeigte auf die Rune, die nun am Aufzugboden lag.
„Irgendwie gefällt mir das alles nicht", gab Gazhalia zu. „Das wird mir alles zuviel."
Die Fe-Rune leuchtete rot und das rote Leuchten stieg aus der Rune heraus bis auf Gazhalias Augenhöhe. Dann nahm es langsam Gestalt an: Die Gestalt eines kleinen Menschen, einer Elfe. Sie trug ein kleines ärmelloses, dunkelrotes Kleid und hatte grelle, rote Flügel.
„Mann, ey, guckst du aber doof!", platze sie heraus mit einer hellen Stimme.
„Ich glaub, ich spinne", flüsterte Gazhalia. „Siehst du auch, was ich sehe?"
„Ich glaube schon, aber ich bin mir nicht ganz sicher, ob das hier kein Traum ist", gab Mike zurück.
„Oje, was seid ihr denn für Trantüten." Die Elfe schüttelte ihr kleines Haupt. „Ich bin Chip, die Hüterin des Fe."
„Hä?" Gazhalia und Mike schienen nichts zu verstehen.
„Fe ist die Rune der Anführerin, denn Fe ist der erste Buchstabe im keltischen Alphabet. Die Rune bedeutet Gesundheit", klärte Chip die beiden auf. „Das Runenalphabet ist nach den ersten sechs Runen benannt: Fuþark. Sechs Auserwählte tragen die Kraft dieser Runen in sich, doch die Kräfte der anderen können erst erwachen, wenn der Anführer ge-

funden ist. Der Träger des Fe – und das bist du." Chip zeigte auf Gazhalia.

„Ich?" Gazhalia hob beide Augenbrauen und guckte erstaunt.

„Guck nicht so doof", meckerte Chip drauf los. „Ich bin die Hüterin des Fe, also ab heute deine Partnerin, alles klar? – Au, was soll das denn?"

Mike hatte Chip leicht angetippt, was die kleine Elfe aber völlig aus dem Gleichgewicht brachte. Erschrocken klammerte sie sich an seinem Finger fest.

„Sorry", sagte Mike, „ich wollte nur testen, ob du wirklich echt bist."

„Du kannst mich sehen? Oh, nur die Auserwählten können die Hüter der Runen sehen." Chip flog von seinem Finger weg und setzte sich auf Gazhalias Kopf. „Sehr gut, du hast schon den zweiten eurer Truppe gefunden! Ich gratuliere!"

„Wenigstens bin ich dann nicht allein mit diesem unglaublichen Zeug hier." Gazhalia zwang sich ein Lächeln auf.

Mike guckte eher unglücklich. „Ich gebe es ja nur ungern zu", begann er, „aber ich denke, dann ist Yrja doch nicht so verrückt – oder?"

„Anscheinend nicht", gestand auch Gazhalia.

„Wie heißt ihr eigentlich? Ihr seid so unhöflich. Ich habe mich wenigstens vorgestellt", beschwerte sich Chip wieder.

„Ich heiße Gazhalia Lassiter", stellte sie sich vor und pflückte die Elfe von ihrem Kopf.

„Ich bin Mike Cage."

„Hey, lass mich los, Gazhiala!"

„Gazhalia, nicht Gazhiala, klar?", wurde Chip sofort korrigiert.

„Ach, ist doch egal. Ich nenn dich Fe, dann hat sich die Sache!", schimpfte Chip und versuchte sich aus Gazhalias Fingern zu befreien.

„Ehrlich gesagt, finde es ich es gar nicht mehr so schlimm, ‚auserwählt' zu sein", gab Mike zu. „Ist doch ganz lustig bisher."

„Warte ab, bis du auch so eine Nervensäge hast", grinste Gazhalia frech.
„Ja, genau! Sucht Ur, die zweite Rune des Fuþark, und erweckt den zweiten Auserwählten in ihm! Los, los!", trieb Chip sie an.
„Wir stecken hier in einem Aufzug fest", knurrte Gazhalia.
„Oh." Chip befreite sich nun endgültig aus Gazhalias Hand und schwang einmal kurz ihre beiden Händchen in Richtung Aufzugtür, woraufhin diese sich öffnete. „So und jetzt los!" Schnell verließen Mike und Gazhalia den Aufzug. „Endlich da raus", seufzte ‚Fe' erleichtert.
„Und jetzt muss ich mich der nächsten Herausforderung stellen." Mike rollte die Augen. „Die neue Freundin meines Vaters kennen lernen. Uff!"
„Viel Spaß." Gazhalia grinste schadenfroh, als Mike seine Haustür aufschloss und in der Wohnung verschwand.
„Und was ist mit der Fe-Rune?", wollte Chip wissen.
„Oh, die Rune liegt noch im Aufzug!", rief Gazhalia und sprang schnell wieder hinein, bevor sich die Türen wieder schlossen. Sie hob die Fe-Rune auf und ließ sie in ihrer Hosentasche verschwinden. „Puh!"
„Du solltest besser darauf aufpassen, Fe!", tadelte Chip sie genervt. „Darin liegt deine ganze Kraft."
„Meine Kraft? Was kann ich denn? Zaubern?"
„Du wirst es früh genug erfahren", sagte Chip geheimnisvoll.
Als Gazhalia ihre Wohnungstür aufschloss, erwartete ihre Mutter sie schon. „Wo warst du so lange! Es ist schon nach sechs Uhr!"
„Entschuldigung, es war ein harter Tag", murmelte Gazhalia müde.
„Ist das deine Mutter?", fragte Chip.
„Sei still", zischte Gazhalia zurück.
„Was hast du gesagt?", fragte Faith.

„A-Ach nichts …"
„Geht es dir gut? Du siehst schlecht aus, mein Kind." Ihre Mutter blickte sorgenvoll.
„Nein, nein, alles okay! Ich gehe schlafen!", schnell ging Gazhalia in ihr Zimmer.
„Und Abendessen?", rief Faith ihr hinterher.
„Nein, danke!"
Dann schloss sie ihre Zimmertür. „Uff!"
„Deine Mutter kann mich nicht hören und nicht sehen", erklärte Chip noch einmal. „Das können nur die Auserwählten, klar?"
„Das ist alles so verrückt. Hoffentlich ist das nur ein Traum …", seufzte Gazhalia und ließ sich aufs Bett fallen. „Gute Nacht."

Tag 3

„Gazha! Gazha! Was ist denn los? Wach endlich auf!" Langsam drangen die Worte zu Gazhalia durch und wurden immer deutlicher. Dann war sie wach. Was war los?
„Ja, ich bin wach!", rief sie ihrer immer wieder an die Tür klopfenden Mutter zu.
Dann ließ sie den Kopf wieder aufs Kissen fallen. Oh Mann, sonst wache ich doch immer gleich auf!, dachte sie. Gestern war wirklich ein sehr anstrengender Tag ... Oder war es doch nur ein Traum?
„Chip?", flüsterte sie. Keine Antwort. Doch dann fiel ihr ein seltsames Geräusch auf. Sie hob den Kopf und sah Chip neben dem Kissen leise vor sich hin schnarchen.
Süß, war ihr erster Gedanke. „Hey, Chip!", sagte sie dann direkt am Kopf der kleinen Elfe.
„Uahh!", schrie diese erschrocken. „Was? Wie? Wo? Wo bin ich?"
„Los geht's!" Gazhalia sprang aus dem Bett. Sie hatte in den Klamotten geschlafen. Schnell strich sie die Falten glatt. Sie hatte keine Lust sich umzuziehen und war außerdem fiel zu aufgeregt auf den heutigen Tag, dass sie es sogar eilig hatte, zur Schule zu kommen.
„Guten Morgen, Mom!", rief sie, als sie guter Laune in die Küche stolzierte.
„Was ist denn mit dir los?" Faith schaute misstrauisch. „Erst wachst du nicht auf, was so gar nicht zu dir passt, und jetzt bist du so gut gelaunt. Ist da etwas, das ich wissen sollte?"
„Ich hatte bisher noch keinen Stress mit Lehrern", grinste Gazhalia.
„Ha! Ha!", lachte Faith grimmig und schüttelte den Kopf. „Hast du dich verliebt oder was geht hier vor?"

„Nee!", wehrte Gazhalia ab. „Ich hab seit gestern Zauberkräfte und muss die Welt retten!"
„Wirklich komisch!" Wieder schüttelte Faith den Kopf. „Ich geb es auf. Wenn du es mir nicht sagen willst, dann lass es eben. Aber wenn du in der Schule bist, durchwühle ich dein Zimmer nach Hinweisen." Sie grinste.
„Ja, ja." Gazhalia setzte sich und schmierte schnell Butter auf ein Brot, streute etwas Salz drauf und stopfte es in sich hinein.
„Hast du es eilig?", fragte Faith erstaunt.
„Ich will nicht zu spät kommen", behauptete Gazhalia und schlang den Rest des Brotes hinunter, worauf ein heftiger Hustenanfall folgte, da sie sich vor Eile verschluckt hatte.
„Gazha, nun schling doch nicht so! Du hetzt ja, als wäre der Sensemann persönlich hinter dir her!", fantasierte ihre Mutter.
„Na ja, Chip kommt dem Sensemann ja schon ziemlich nahe ...", kicherte Gazhalia.
„Wer?", wollte Faith wissen.
„Ach, niemand."
„Unverschämt!", motzte Chip und stellte sich auf den Rand von Faiths Kaffeetasse. In dem Moment nahm Faith ihre Tasse, um zu trinken. Damit hatte Chip nicht gerechnet und fiel durch den Ruck in den Kaffee hinein. „Ah!"
„Was war das?" Faith blicke verwirrt auf ihre Tasse, aus der der Kaffe spritze.
„Ähm, ich hab dir ein Zuckerstück hineingeworfen", erfand Gazhalia schnell, „Ich dachte nicht, dass es so spritzen würde."
„Du weißt doch, dass ich keinen Zucker im Kaffee trinke." Faith setzte die Tasse wieder ab und Chip kletterte hustend heraus.
„Beweg dich nicht von der Stelle", knurrte Gazhalia der Elfe zu, als ihre Mutter einen Lappen holen ging.
„Ich bin in Kaffee gebadet! Ich will mich waschen", jammerte Chip und schaute so kläglich sie nur konnte.

„Du würdest nur noch mehr Tropfen hinterlassen, also beweg dich nicht", zischte Gazhalia. Dann wandte sie den Blick schnell von Chip ab, als ihre Mutter an den Tisch zurückkehrte. Chip wrang ihre langen roten Haare schnell noch in die Kaffeetasse aus und flog dann ins Badezimmer. Gazhalia folgte ihr.
„Dreh mal den Wasserhahn auf, bitte", bat Chip. Während Gazhalia duschte, nahm Chip ihre Dusche unter dem Wasserhahn.

„Mir ist ka-a-a-alt", jammerte Chip nun zum zwanzigsten Mal, als sie und Gazhalia im Unterricht saßen. Chip hatte keine andere Kleidung, also saß sie in ihren nassen Sachen da und zitterte.
Gazhalia hatte jedoch kein Gehör für Chips Klagen. Sie schrieb ein paar Zeilen auf einen Zettel.

Hey Yrja, du hattest Recht. Kann ich nach der Stunde mal mit dir sprechen? Wäre wichtig ...

Dann faltete sie den Zettel und schob ihn Yrja zu. Yrja faltete ihn auseinander und warf einen Blick darauf. Dann schaute sie erstaunt zu Gazhalia herüber.
Danach schien die Stunde endlos zu sein. Minute um Minute schauten Yrja sowie Gazhalia auf ihre Armbanduhren. Die Zeit dauerte ewig. Doch dann endlich war es so weit: die Klingel schellte.
Gazhalia und Yrja sprangen als Erste auf und rannten aus dem Raum. Chip war auf Gazhalias Schulter eingeschlafen und wurde nun schwungvoll heruntergeschleudert und fiel in den Rucksack eines Jungen, der hinter Gazhalia saß.
„Autsch!"

„Womit hatte ich Recht?", fragte Yrja sofort, als sie auf dem Gang standen.
„Fe", sagte Gazhalia. „Es ist eine Elfe herausgekommen und sie sagt, ich sei die Anführerin von irgendeiner Gruppe oder so."
„Was sagst du da? Du willst dich doch nicht über mich lustig machen, oder?" Yrja schien Gazhalias plötzlichem Sinneswandel nicht ganz zu trauen.
„Nein, sie ist hier. Sie sagte, sie kann nur von den Auserwählten gesehen werden. Chip? Wo steckst du?" Gazhalia schaute um sich.
„Chip? Komischer Name für eine Elfe …", meinte Yrja.
„Sie ist so eine Träumerin! Was hat sie jetzt bloß wieder angestellt?" Gazhalia regte sich auf.
„Ihr scheint euch ja blendend zu verstehen." Zum ersten Mal sah Gazhalia Yrja grinsen.
„Sie meckert immer herum. Eine richtige Nervensäge kann sie sein …" Suchend sah sie sich um. „Wo steckt sie bloß? – Ach ja, Mike ist der zweite."
„Was, wirklich? Also hatte ich auch da das richtige Gefühl!", freute sich Yrja stolz.
„Du hast echt ein gutes Gespür", lobte Gazhalia sie.
„Ja, ich will später mal Madame Lyls Nachfolgerin werden", erzählte Yrja drauflos. Sie wirkte auf einmal locker und befreit. Es schien, als hätte sie zum ersten Mal jemanden gefunden, mit dem sie über die unglaublichen Kräfte sprechen konnte.
„Ach, die ist doch nichts gegen dich", meinte Gazhalia. „Sie beruft sich auf alte Schriften und so'n Zeug, mit dem ich mich noch nicht so auskenne und vertraut auf Tests, die man täuschen kann, aber sie hat kein Gespür, wie du es hast. Du hast es sofort gefühlt."
Yrja war regelrecht überwältigt von Gazhalias Worten, weil noch niemand sie so ermutigt hatte und Gazhalia über Nacht

völlig umgekrempelt war. Gestern noch hatte sie alles abgestritten und für Unfug erklärt, sie hatte Yrja für verrückt gehalten und ihr kein Wort geglaubt, und nun glaubte sie nicht nur daran, ihr schien es auch zu gefallen und sie war willig, alles zu lernen, was sie wissen musste.

Währenddessen versuchte Chip, über Mäppchen und Hefte aus dem Rucksack herauszuklettern. Doch immer wenn sie gerade am „Ausgang" war, gab es einen Ruck und sie fiel zurück auf den Boden der Tasche. Nun hatte sie es endlich geschafft. Sie lugte aus dem Rucksack heraus, der kurz darauf auf den Kopf gestellt und in einem Spind ausgekippt wurde, um neue Bücher aufnehmen zu können. Chip wurde mit einigen Heften herumgeschleudert.

„Oje, wo bin ich hier hineingeraten?" Als Chip sich aufgerappelt hatte, schloss sich gerade die Tür des Spindes. „Hey! Nein! Hilfe! Gazhalia!! – Wow, ich kann ja ihren Namen aussprechen." Einen Moment hatte sie sich selbst abgelenkt, aber dann erinnerte sie sich an ihre Situation. Ihre Kräfte schwanden bei Tag, erst nach Sonnenuntergang war sie wieder fähig zu zaubern.

„Gazhalia! Mike! Helft mir! Bitte!"

„Hey, Ladys", begrüßte Mike Yrja und Gazhalia in der Mittagspause. „Wo habt ihr denn Chip gelassen?"

Yrja verdrehte die Augen. „Macho", grummelte sie.

„Ich weiß nicht", seufzte Gazhalia. „Nach der ersten Stunde ist sie einfach verschwunden. Sie ist ein Vollchaot. Heute Morgen ist sie schon in den Kaffee meiner Mutter gefallen."

Mike lachte. „Ja, so hatte sie schon im Aufzug gewirkt."

„Aufzug?", fragte Yrja.

„Wir wohnen im selben Haus", erklärte Gazhalia ihr.

„Was ein Zufall ... Vielleicht wohnen noch mehr der Auserwählten in diesem Haus", vermutete Yrja daraufhin.

„Meinst du?" Gazhalia wurde nachdenklich.

„Das glaube ich nicht", mischte sich Mike wieder ein. „In unserem Haus wohnen keine anderen Leute in unserem Alter."
Yrja warf ihm einen wütenden Blick zu. Dass er ihre Theorie widerlegte, machte ihn nicht gerade sympathischer für sie.
„Na ja", sagte Gazhalia nach einer kurzen Pause, um die Stille zu brechen. Auch wenn sie kein so feines Gespür hatte wie Yrja, so hatte sie doch die angespannte Stimmung zwischen den beiden Freunden bemerkt.
„Was ‚na ja'?", fragte Mike.
„Was soll ‚na ja' denn schon groß heißen?" Yrja schaute ihn kopfschüttelnd an.
„Man wird ja wohl noch fragen dürfen", knurrte Mike.
„Mann stellt immer so dumme Fragen", behauptete Yrja wiederum.
„Sag mal, hast du irgendein Pro…"
„Okay, okay, das reicht", unterbrach Gazhalia das Streitgespräch. „Ihr habt es mir ja schon deutlich genug bewiesen, dass ihr euch nicht leiden könnt. Aber Yrja, Mike ist auch ein ‚Auserwählter', also gewöhn dich daran, und du Mike: Wir brauchen Yrja, also versucht bitte, euch zu vertragen, sonst steige ich aus."
Kurz herrschte Stille.
„Wofür brauchen wir sie denn?", wollte Mike dann wissen.
„Unverschämtheit!" Yrja sprang auf und ging.
„Yrja, warte!", rief Gazhalia ihr hinterher. Dann wandte sie sich an Mike: „Das hast du ja toll hingekriegt!" Sie rannte Yrja hinterher.
Erschöpft kam Gazhalia am Nachmittag nach Hause. Sie hatte Mike den restlichen Tag über nicht mehr gesehen, genauso wenig Chip.
„Ich bin wieder daha!", rief sie zur Begrüßung und ließ die Tür hinter sich zufallen.

„Hallo, Gazha", kam die Antwort. „Ich hab wenig Zeit, ich muss noch einmal weg! Sorry! Ich hab Tiefkühlpizza da! Schieb dir eine in den Backofen! Bye!" Faith drückte ihrer Tochter noch schnell einen Kuss auf die Wange, dann rannte sie zur Tür hinaus.
„Na, toll!", knurrte Gazhalia. Der Verlauf des heutigen Tages hatte ihren Optimismus etwas gedrückt.
Währenddessen flog Chip gerade ziellos durch Manhattans Straßen. „Wo bin ich nur?" Sie hatte aus dem Spind entkommen können, als der Schüler es bei Schulschluss wieder geöffnet hatte. Jedoch war Gazhalia dann schon weg gewesen und Chip kannte den Weg nicht. So ließ sie sich nun deprimiert in den Vanilleeisbehälter einer Eisdiele fallen.
„Hallo, einmal Nuss und einmal Erdbeere bitte", sagte gerade ein Kunde, dessen Stimme ihr irgendwie bekannt vorkam. Vanilleeisschleckend sah sie auf. „Mike!"
„Hm?" Mike wandte seinen Blick zu ihr und schaute total überrascht. Schnell erhob sich Chip aus dem Eis und setzte sich auf die Erdbeerkugel in Mikes Becher, den er gerade entgegengenommen hatte. Zusammen setzten sie sich auf eine Parkbank.
„Chip, wie kommst du denn hierher?", fragte er.
„Lange Geschichte …", seufzte sie und schleckte am Erdbeereis. Doch da schubste Mike sie mit seinem Löffel von der Eiskugel. „Hey!", beschwerte sie sich.
„Mein Eis", meinte Mike und schaufelte es genüsslich in sich hinein.
„Gemeinheit!" Chip tat auf beleidigt, doch einen Moment später war sie schon wieder besänftigt, da ihr etwas Wichtiges eingefallen war: „Und? Habt ihr die zweite Rune schon?"
„Nein, Gazhalia und ich hatten eine kleine Meinungsverschiedenheit …"

„Ach, Mensch! Was seid ihr denn für Kleinkinder, dass ihr euch jetzt streiten müsst!?", schimpfte Chip und schüttelte ihre rote Mähne.
„Und was bist du für ein Kleinkind, dass du Gazhalia direkt nach der ersten Schulstunde verlierst und dann noch nicht mal allein den Weg nach Hause findest?", entgegnete Mike.
„1:0 für dich", grummelte Chip.
„Hehe. Los, komm, Kleine!", forderte er sie auf und erhob sich von der Parkbank. Den geleerten Eisbecher schmiss er in den Mülleimer neben der Eisdiele.
„Nenn mich nicht Kleine!"
„Bist du denn nicht klein?", fragte er frech grinsend, woraufhin die Elfe ihm einen beleidigten Blick zuwarf. Dann machte sie es sich auf seinem Kopf gemütlich. „Bring mich nach Hause ..."
Gazhalia öffnete die Tür, als Mike bei ihr klingelte. Sie hatte sich die Fe-Rune als Halskette umgebunden.
„Was machst du denn hier?"
„Ich liefere jemanden ab", gab er zurück und pflückte Chip von seinem Kopf.
„Lass mich los", meckerte diese sofort und befreite sich aus seinem Griff.
„Hast du Yrjas Nummer?", fragte Mike.
„Wieso?"
„Ich denke, sie weiß, wo wir die zweite Rune herbekommen."
Er schaute Gazhalia fragend an.
„Ja, wahrscheinlich weiß sie das ... Bestimmt hat Madame Lyl die zweite Rune. Gehen wir zu ihr, denn ich habe Yrjas Telefonnummer nicht!", schlug Gazhalia vor.
„Juhu! Endlich wird die Rune gesucht!", rief Chip und flog fröhlich um die Köpfe der beiden ‚Auserwählten' herum.
„Los geht's!"

„Die Sonne geht schon unter", stellte Gazhalia mit sorgenvollem Blick fest, nachdem sie das Haus verlassen hatten.
„Du hast deiner Mutter doch einen Zettel geschrieben. Also schau nicht so besorgt", beruhigte Mike sie.
„Hm ... Ähm ... Weißt du den Weg?" Gazhalia kratzte sich am Kopf.
„Ne, woher auch?", antwortete Mike. „Du warst doch schon mal da!"
„Ja, aber ich weiß den Weg nicht mehr ... Also von hier aus gingen wir die Straße nach rechts bis zum Ende ... Soweit weiß ich noch."
„Dann gehen wir erst mal bis dahin", schlug Mike vor. „Vielleicht fällt es dir dann wieder ein?"
Als sie am Ende der Straße abbogen, entdeckte Gazhalia Yrja auf der gegenüberliegenden Straßenseite mit etwa 50 Metern Vorsprung.
„Yrja! Hey, Yrja!", rief sie und rannte los, ohne auf das Auto zu achten, das direkt auf sie zusauste.
„Vorsicht!", schrie Mike, doch es schien zu spät. Als Gazhalia sich umdrehte, war das Auto schon zu nahe. Es bremste und hupte, aber es hatte zu viel Geschwindigkeit drauf. Gazhalia streckte erschrocken die Arme nach vorne aus, und die Fe-Rune, die an einer Kette um ihren Hals hing, begann zu leuchten. So schnell war alles passiert, dass es zunächst keiner wahrhaben konnte. Das Auto war durch Gazhalia hindurchgesaust, als ob sie für einen Moment lang körperlos gewesen wäre.
„Mann, hast du mich erschreckt!" Mike lief zu ihr und schloss sie in die Arme. „Mach das nicht noch mal!"
Auch Yrja kam herbeigelaufen und zog die beiden von der Straße. „Hast du sie noch alle!? Du hättest draufgehen können!", rief sie aufgebracht.

„Ja, ja, ist ja gut!", beruhigte Gazhalia die beiden. „Ich hab's ja überlebt! Dank Fe!"
„Zum Glück", fügte Yrja noch hinzu. „Was macht ihr überhaupt hier?"
„Wir wollten zu Madame Lyl, weil wir dachten, sie hätte vielleicht Ur, die zweite Rune", berichtete Mike.
„Madame Lyl hat sie nicht", widersprach Yrja. „Sie hatte nur Fe, die Erste, die Anführerin."
„Wie können wir erfahren, wo Ur ist?", fragte Gazhalia.
„Woher soll ich das wissen? Du bist doch Fe!", wehrte sich Yrja.
„Na, ich bin ja eine tolle Anführerin", sagte Gazhalia sarkastisch. „Ich kann uns nicht mal zur nächsten Rune verhelfen!"
„Ja, Fe sucht Ur", mischte Chip sich auf einmal wieder ein.
„Ich suche Ur, aber ich finde es nicht", seufzte Gazhalia traurig.
„Gazhalia findet Mike, Fe findet Ur", wiederholte sich Chip.
„Wie meinst du das?", hakte Gazhalia nach.
„Wie meint wer was?", fragte Yrja.
„Chip, sie spricht in Rätseln." Gazhalia schaute die Elfe eindringlich an.
„Chip? Ist sie hier?" Yrja konnte das kleine Wesen weder sehen noch hören.
„Sie meint bestimmt, wir sollen die Rune Fe die andere Rune suchen lassen", vermutete Mike.
„Mike wird es spüren, Fe wird es spüren", nickte Chip eifrig.
„Hm…" Gazhalia hob die Fe-Rune, die um ihren Hals baumelte, langsam hoch. „Such Ur!"
Nichts geschah.
Gazhalia schloss die Augen und konzentrierte sich auf die Rune, die sie mit ihrer linken Hand auf Augenhöhe hielt. Finde Ur … Wo ist Ur? Gib mir einen Hinweis …, redete sie in Gedanken auf die Rune ein.

„Im Museum", sagte Mike und schien im gleichen Moment überrascht über seine eigenen Worte. „Hab ich das gesagt?"
„Ja, es hat geklappt!", freute sich Gazhalia. „Los, gehen wir ins Museum!"
Yrja führte die Truppe an. Sie wirkte etwas bedrückt, da sie Chip nicht sehen konnte und auch nicht hören – nicht einmal ihre Anwesenheit spüren. Insgeheim hatte sie gehofft, selbst eine Auserwählte zu sein, aber das stand nun definitiv fest: Sie war keine.
Mike wurde unterwegs immer aufgeregter. „Ich frage mich, wie meine Rune aussieht. Also, wie sie geformt ist. Und wie wird wohl der Hüter meiner Rune aussehen? Und wie wird er sein?"
„Vielleicht ist es eine sie?", ergänzte Gazhalia seine Fragen.
„Nein", mischte Chip sich ein, „es ist ein Elf."
„Ach, kennt ihr euch alle untereinander?", fragte Gazhalia ihre kleine Freundin.
„Ja, natürlich. Leif, der Hüter des Ur, ist ein unheimlich gut aussehender Elf", schwärmte Chip.
„Na, dann kommt er ja ganz nach mir", grinste Mike.
„Wunschdenken, Mike", konterte Gazhalia.
„Hey, heißt das etwa, ich sehe nicht total zum Verlieben aus?", beschwerte er sich gespielt empört.
„Ich enthalte mich einer Antwort ... Ich will ja keinen beleidigen." Gazhalia bremste ab, da sie sonst Yrja umgerannt hätte, die plötzlich stehen geblieben war.
„Da wären wir", erklärte diese.
„Okay, dann mal los!" Gazhalia wollte gerade losgehen, als Mike sie zurückhielt. „Was ist?"
„Es hat schon geschlossen. Wir haben schon nach sieben", klärte er sie auf.
„Na und?", gab Gazhalia zurück. „Denkst du, die hätten uns die Rune gegeben, wenn wir gesagt hätten, wir wären ‚Die

Auserwählten'? Es ist doch wohl klar, dass wir da einsteigen müssen!"
„Meinst du mit ‚einsteigen' etwa dort einbrechen?", fragte Yrja ängstlich.
„Klar!"
„Du tust so, als hättest du das schon öfters gemacht", wunderte sich Mike.
„Ja, aber nur ein paar Mal", gab Gazhalia zu, als wäre das nichts Besonderes. „Und in ein Museum bin ich noch nie eingebrochen. Nur in die Schule und einmal bei einem Lehrer zu Hause …"
„Oh Mann! Du bist eine Kriminelle!" Yrja machte ein geschocktes Gesicht.
„Ich seh schon ein …", begann Gazhalia, „Yrja hat nicht die Nerven, um da mit reinzugehen. Also, Mike, gehen wir!"
„Ich muss wohl mit, ist ja meine Rune, die wir da holen."
Chip versuchte mit Hilfe ihrer Kraft, die schwere hölzerne Eingangstür zu öffnen, doch sie schaffte es nicht. „Wieso können die keine einfache Tür hier haben? Warum muss es gleich so ein torähnliches Riesending sein!?", schimpfte sie.
Gazhalia konzentrierte sich auf Fe und ging wie ein Geist durch die Tür hindurch. Dass sie diese Fähigkeit vorhin entdeckt hatte, war ihnen jetzt sehr nützlich.
Sie öffnete die Tür von innen und ließ Chip und Mike hinein. Yrja blieb draußen.
Chip konnte die roten Linien sehen, welche die Laser der Alarmanlage durch den Raum warfen, und geleitete Gazhalia und Mike sicher hindurch.
Im Bereich der Wikingergeschichte fanden sie in einem Glaskasten die Rune Ur. Auf der Tafel darunter stand geschrieben:

Keltische Rune
Die Rune Ur ist die zweite Rune des Runenalphabets, das Fuþark (Futhark) genannt wird. Diese Rune ist das letzte gefundene Original des 16 Runen enthaltenden Alphabets.

„Schade, ich hatte gehofft, wir finden gleich mehrere Runen hier." Gazhalia war enttäuscht.
„Man kann die Runen erst finden, wenn man die Auserwählten gefunden hat", erklärte Chip ruhig.
„Das kann ja ewig dauern, bis wir alle zusammen haben", murmelte Gazhalia.
„Was passiert eigentlich dann?", wollte Mike wissen.
„Wann?" Gazhalia hob den Kopf.
„Na, wenn wir alle gefunden haben", erweiterte Mike seine Frage. „Was geschieht dann? Wir müssen doch sicher irgendetwas machen, oder nicht? Wozu sind wir sonst gut?"
„Alles zu seiner Zeit", stoppte Chip seinen Wissensdrang.
Gazhalia wickelte sich ein Taschentuch um die Hand und schlug einmal fest auf den Glaskasten ein. „Au, verflucht!"
Ein großer Splitter hatte sich in ihre Hand gebohrt.
„Was machst du auch!?" Mike schüttelte den Kopf und schnappte sich dann die Rune. Auch er spürte deutlich eine neue, sehr starke Kraft in sich. „Wow, was für ein Gefühl!"
„Los, weg hier", drängte Gazhalia und hielt sich ihre blutende Hand.
Sicher führte Chip sie wieder durch die Laserstrahlen der Alarmanlage, bis auf einmal ein Tropfen Blut von Gazhalias Hand genau durch einen der Strahlen herunterfiel. Der Alarm wurde ausgelöst. Wie auf Knopfdruck rannten Mike und Gazhalia los. Draußen war niemand. Yrja war fort.
Die beiden Runenträger flitzten den Weg zurück nach Hause, so schnell sie nur konnten. Chip hielt sich mit beiden

Händen in Gazhalias Haar fest und gab sich Mühe, nicht loszulassen.
Nach einer Weile verlangsamten Gazhalia und Mike ihr Tempo und gingen unauffällig die Straße entlang. Polizeiwagen kamen ihnen entgegen.
„Die sind bestimmt unterwegs zum Museum", grinste Gazhalia.
Im Haus angekommen, kam Gazhalia erst noch mit zu Mike in die Wohnung. Er wollte sich ihre Hand anschauen.
„Stört es deinen Vater nicht, wenn du so spät nach Hause kommst?", fragte sie, als sie sich an den Küchentisch setzte.
„Nein, er ist ja selbst nicht da", antwortete Mike und holte Verbandszeug aus dem Bad.
„Ach nicht? Wo ist er denn?", fragte Gazhalia interessiert.
„Wahrscheinlich mit seiner neuen Freundin unterwegs", sagte Mike schulterzuckend und setzte sich zu Gazhalia an den Tisch. „Dann gib mal deine Hand her."
Vorsichtig zog er den Glassplitter aus ihrer Hand, wobei sie schmerzvoll das Gesicht verzog.
„Selbst schuld, wenn du so etwas machst", beschuldigte er sie.
„Ja, ja", wehrte sie ab, „nun halt mir keine Moralpredigt! Das höre ich von meiner Mutter schon oft genug ..." Sie grinste.
„Ja, das kenne ich." Mike tupfte das Blut ab und desinfizierte die Wunde. „Ganz schön tief."
„Das brennt", jammerte Gazhalia.
„Dumm, dass du nicht mit Hilfe von Fe deine Schmerzen abstellen kannst."
„Hehe, schön wär's. – Sag mal, Chip, warum bist du so still?"
„Ich will euch zwei ja nicht stören", grinste die Elfe und hüpfte vergnügt auf dem Tisch herum.
Nachdem Mike Gazhalias Hand verbunden hatte, verabschiedete sie sich. „Meine Mutter ist bestimmt total sauer!"
Und das war sie auch.

„Gazhalia! Es ist elf Uhr abends! Wo warst du so lange!?", schimpfte sie gleich drauflos.

„Mit Freunden unterwegs", erklärte Gazhalia kurz, „ich hab dir doch einen Zettel geschrieben."

„Ja, darauf stand aber, dass du nicht lange weg seist! Du weißt, dass es mir nicht gefällt, wenn du nachts unterwegs bist. Ich will nicht, dass du wieder irgendetwas anstellst. Ich mache mir doch nur Sorgen um dich, Gazha! Also bitte, tu mir das nicht an!"

„Ich habe nichts angestellt! Wirklich nicht!"

„Ich hoffe es für dich, meine Gute! Sonst bekommst du ernsthaft Ärger mit mir …" Faith wollte sich gerade wegdrehen, als ihr Blick auf Gazhalias Hand fiel. „Was hast du denn da gemacht?"

„Guck nicht so misstrauisch! Ich bin hingefallen und mit der Hand in eine Glasscherbe!", log Gazhalia mit ernstem Blick.

„Wie du meinst!"

Gazhalia zog sich ohne ein weiteres Wort in ihr Zimmer zurück.

„Warum streitest du dich mit deiner Mutter?", erkundigte sich Chip verständnislos, als Gazhalia sich umzog.

„Hast du's nicht mitbekommen?", knurrte Gazhalia sie an.

„Ich verstehe den Sinn eures Streits nicht …"

„Pech." Gazhalia kroch unter ihre Decke und kuschelte sich in ihr Kissen.

Tag 4

„Oh, hallo!" Faith hatte die Tür geöffnet, als es geklingelt hatte, während Gazhalia am Küchentisch saß und weiter frühstückte.
„Hallo, Sie müssen Gazhalias Mutter sein. Ich bin Mike Cage, ich wollte Gaz abholen."
Gazhalia hob den Kopf. Was suchte Mike denn hier? Warum holte er sie ab? Schnell stand sie auf, hob Chip an ihren Flügeln hoch und rannte zur Tür.
„Hey!", schrie Chip, und schlang ein letztes Stück Brot hinunter.
„Hi, Mike, was machst du denn hier?", begrüßte Gazhalia ihn und schob ihre Mutter leicht weg.
„Ich dachte, wenn wir schon im selben Haus wohnen, könnten wir ja auch zusammen zur Schule fahren, oder?"
„Dann gehen wir mal!" Schnell zog Gazhalia die Tür hinter sich zu und ließ ihre verwirrte Mutter zurück.
„Und, war sie gestern noch wütend?", fragte Mike unterwegs.
„Ja, und wie! Und als sie meine Hand gesehen hat, hat sie sofort geglaubt, ich hätte wieder was angestellt!", regte sich Gazhalia auf. „Dabei war es diesmal wirklich nur für was Gutes ..."
„Wieder?", fragte Mike nach. „Du scheinst ja öfters etwas anzustellen. Was machst du denn immer so?"
„In San Fransisco hab ich fast jede Nacht irgendwas mit meinen Freunden Lee und Mary auf den Kopf gestellt!", erinnerte sich Gazhalia, „Ich wär gerne in San Fransisco geblieben ..."
„Aber dann wäre deine Kraft niemals erwacht und du hättest Chip und Yrja nie getroffen, und was am schlimmsten ist: Du hättest niemals so einen tollen Typen wie mich kennen gelernt!"

Gazhalia lachte auf. „Du bist ganz schön eingebildet!"
„Ich?"
Vor Schulbeginn trafen die beiden mit Chip im Schlepptau Yrja auf dem Gang. Als sie die zwei auf sich zukommen sah, drehte sie sich schnell weg und ging davon. Gazhalia legte an Tempo zu und hielt Yrja an.
„Hey, wo warst du gestern?", fragte sie forsch.
„Weg." Yrja löste sich aus ihrem Griff und ging in die Klasse.
„Hmpf!" Gazhalia suchte ihr Mathezeug aus dem Spind und folgte Yrja in den Unterrichtsraum.
Chip nutzte diesen Tag, um die Schule zu inspizieren, denn Gazhalias Unterricht war ihr zu langweilig und außerdem verstand sie die Themen sowieso nicht. Also flog sie herum und schaute bei jeder Klasse einmal herein. Dabei versuchte sie den Raum zu finden, in dem Mike gerade Unterricht hatte. Leif, der Hüter des Ur, konnte jeden Moment aus der Rune erwachen, und da wollte Chip unbedingt dabei sein. Bei Gazhalia hatte es nicht viel mehr als eine Stunde gedauert bis Chip erwacht war; bei Mike war es jetzt schon eine Nacht.
In der Mittagspause fand Chip Yrja allein an einem Tisch sitzend vor. Nirgendwo waren Mike oder Gazhalia zu sehen. Also beschloss Chip, sich zu ihr zu setzten.
„Du siehst sehr unglücklich aus", begutachtete Chip sie, obwohl sie wusste, dass Yrja sie nicht hören konnte. „Schade, dass du keine Auserwählte bist, obwohl ich eine verborge Kraft bei dir spüre. Was das wohl sein mag?"
Dieses Gefühl, dass Chip bei Yrja verspürte, bemerkte sie zum ersten Mal, doch nun war es ganz deutlich. Da war irgendetwas.
„Ich hoffe, du entscheidest dich richtig", sagte Chip, als sie Gazhalia und Mike sich an einen Tisch setzten sah. „Ich gehe jetzt."

Chip flog hinüber zu den beiden. Gerade hörte sie Gazhalia sagen: „Chip ist schon wieder verschwunden. Wahrscheinlich hat sie sich wieder irgendwo einsperren lassen oder sucht die ganze Schule nach uns ab!"

„Ich bin hier!" Chip streckte Gazhalia die Zunge heraus, als sie elegant auf dem Tisch landete und begann, sich an Gazhalias Salat zu bedienen.

„Oho! Wie hast du das nur geschafft", scherzte Mike. „Vielleicht wird aus der kleinen Chaotin hier doch noch eine erwachsene Elfendame?"

„Sei bloß still, sonst belege ich dich mit einem Fluch!", drohte Chip und hob die Faust.

„Ich bin ein Auserwählter, du brauchst mich noch!" Mike grinste schadenfroh.

„Der Fluch kommt dann eben erst, nachdem ihr euren Auftrag erfüllt habt." Chip zuckte mit den Schultern. „Bis dahin versuche dein loses Mundwerk zusammenzuhalten!"

„Ich denke nicht, dass du genügend Kraft hast, mich mit einem Fluch zu belegen, der mir wirklich schaden könnte ..." Mike setzte seinen eingebildeten Blick auf. „Ich habe schließlich auch so meine Kräfte."

„Und zwar?", forderte Chip ihn heraus.

„Ähm, nun ja ... Bisher habe ich sie ja noch nicht entdeckt. Aber das kommt noch! Also nimm dich in Acht, kleine Chip! Meine Rache wird fürchterlich sein!" Er kam ihr mit seinem Gesicht ganz nahe und guckte sie bösartig an. An Chips Blick merkte man, dass sie nun doch ernsthaft Angst bekam.

„Lass meine Hüterin in Frieden!" Gazhalia nahm nun die Beschützerrolle an und zog Chip an den kleinen Flügelchen mehr zu sich. „Außerdem gucken schon welche von den anderen Tischen herüber, weil du so seltsam auf den Tisch starrst. Vergiss nicht, dass Chip für niemanden vorhanden ist außer für uns."

„Ja, ja! Nimm sie nur in Schutz!", beschwerte er sich gespielt beleidigt. „Aber mal was anderes: Was meinst du, warum Yrja gestern einfach verschwunden ist? Sie muss schon gegangen sein, bevor der Alarm losging, denn sie war nirgends mehr zu sehen!"

„Ich denke, sie hat es gewusst", antwortete Gazhalia.

„Was willst du damit sagen? Was gewusst?" Mike schien nicht ganz zu verstehen, was sie meinte.

„Sie hat gewusst, dass wir den Alarm auslösen würden."

„Woher soll sie das denn gewusst haben? Meinst du, sie traute uns nicht zu, dass wir es auch ohne schaffen?" Mike hatte es immer noch nicht kapiert.

„Nein, sie wusste es! Sie wusste es vorher! Noch bevor wir eingebrochen sind", erklärte Gazhalia. „Du weißt doch über ihre Fähigkeiten Bescheid."

„Du meinst …?" Er brach ab und blickte ein paar Tische weiter zu Yrja hinüber. Dann wieder zu Gazhalia. „Du meinst, sie kann hellsehen?", fragte er ungläubig.

„Nicht direkt hellsehen. Das klingt so nach Quatsch! Aber sie hat ein gutes Gespür, sie weiß manche Dinge, bevor sie geschehen", behauptete Gazhalia.

„Sie könnte uns eine große Hilfe mit dieser Kraft sein … Aber warum hat sie uns gestern nicht gewarnt? Sie hätte uns doch sagen können, was geschehen würde! Sie hat uns absichtlich in eine Falle tappen lassen!" Mike wurde wütend.

„Absichtlich würde ich nicht sagen", lenkte Gazhalia ein, „Ich denke, sie hat Angst. Angst vor allem, was hier geschieht, und Angst vor ihren eigenen Fähigkeiten. Vielleicht war sie sich nicht sicher, ob ihr Gefühl richtig war und ob wir ihr glauben würden?"

„Sie hätte es wenigstens versuchen können", murmelte Mike etwas besänftigt, „dann wären wir heute eingebrochen. Etwas überlegter – nicht so spontan."
„Eines verstehe ich nur nicht ... Warum redet sie nicht mehr mit mir ... mit uns?" Gazhalia wurde nachdenklich.
„Also, wenn ich mal was sagen darf", mischte sich Chip ein, „lest mal die Zeitung und hört auf die Gerüchte, die hier umgehen."
„Was für Gerüchte? Zeitung?" Gazhalia verstand nicht.
„Ich frag mal einen meiner Kumpel." Mike erhob sich und ging zu einem anderen Tisch hinüber. Als er wieder zurückkam, sah er besorgt aus. „In der Zeitung steht groß was von dem Einbruch letzte Nacht im Museum. Dass die Polizei ratlos sei, wie die Täter hineingekommen sind, und ein Polizist meinte angeblich, es ginge etwas nicht mit rechten Dingen zu. Es steht auch darin, dass nur die Rune, die zu den am wenigsten wertvollen Sachen im Museum gehörte, gestohlen worden sei. – Was die Gerüchte sind, kannst du dir ja nun denken! Yrja ist bekannt für ihren Zaubertick in der ganzen Schule! Alle meinen, dass sie es gewesen ist, die dort eingebrochen ist."
„Oh nein, das ist ja schrecklich." Gazhalia hatte ein ganz schlechtes Gewissen. „Hoffentlich kommt keiner auf die Idee, sie der Polizei zu melden."
„Ich denke, sie spricht nicht mit uns, damit wir nicht auch verdächtigt werden", vermutete Mike nun.
„Du hast sicher Recht", stimmte Gazhalia zu.
„Ich dachte immer, sie wäre so eine Zicke, die einen sofort verpfeifen würde", murmelte Mike.
„Tja, so kann's gehen", seufzte Gazhalia. „Ich werde sie nach der Schule ansprechen. Ich muss jetzt mal kurz telefonieren."
Sie stand auf und ging zur Telefonzelle der Schule. „Mom? Ich bin's, Gazhalia!"

„Von wo rufst du an?", kam die Stimme ihrer Mutter aus dem Hörer.
„Vom Schultelefon, du erlaubst mir ja kein Handy!", entgegnete Gazhalia bissig.
„Oh, Engel, sag mir jetzt bitte nicht, du hast etwas mit dem Einbruch letzte Nacht zu tun!", begann ihre Mutter.
„Nein! Hab ich nicht!", wehrte sich Gazhalia, fast etwas zu plötzlich. „Ich rufe an, weil ich fragen wollte, ob heute eine Freundin bei mir übernachten darf."
„Klar, kein Problem. Lieber hab ich deine Freunde im Haus, als dass du mit ihnen nachts draußen herumstreunerst." Faiths Stimme klang traurig.
„Das ist nicht fair, wenn du kein Vertrauen zu mir hast", beschwerte sich Gazhalia.
„Es ist auch schwer, zu jemandem Vertrauen zu haben, der einen schon so oft belogen hat", konterte Faith.
„Ich muss jetzt Schluss machen. Mein ganzes Taschengeld geht hier drauf!", brach Gazhalia das Gespräch ab und legte auf.
Nach der Schule folgte Gazhalia Yrja ein Stück und hielt sie dann an, als keiner sie mehr zusammen sehen konnte. „Hey, Yrja! Warte mal!"
„Was ist denn nun schon wieder? Du solltest mir nicht hinterherlaufen."
„Hast du nicht Lust, heute bei mir zu übernachten?", lud Gazhalia sie ein.
„Ehrlich? Einfach so?" Yrja konnte es kaum fassen.
„Ja, einfach so. Wieso nicht?"
„Mich hat noch nie einer eingeladen, bei sich zu übernachten", gestand Yrja und schaute fast beschämt.
„Dann wird es ja höchste Zeit!" Gazhalia zog Yrja mit sich zum Bus. „Mike und ich haben uns was ausgedacht."
„Mike ist auch dabei?" Yrja blieb wieder stehen.

„Keine Sorge, er übernachtet nicht. Er ist nur abends dabei", beruhigte Gazhalia ihre Freundin. „Also, wir haben uns das so überlegt: Wenn Leif erwacht ist, wollen wir unseren ersten großen Zauber ausprobieren. Und du sollst dabei sein!"
„Leif?" Yrja ließ sich wieder weiterziehen.
„Ja, Leif ist der Hüter der Ur-Rune. Chip sagt, sie kennt ihn. Sie schwärmt die ganze Zeit von ihm."
Yrja lachte. „Ich würde Chip gerne mal kennen lernen. Ist sie gerade hier?"
„Ja, sie sitzt auf meinem Kopf und schläft mal wieder!" Gazhalia grinste.
Später kamen sie bei Gazhalia zu Hause an. Yrja war unterwegs aufgefallen, dass sie weder Zahnbürste noch Schlafzeug dabei und ihren Eltern auch überhaupt nicht Bescheid gesagt hatte. Gazhalia jedoch hatte sie beruhigt und ihr versichert, dass sie ihre Eltern sofort anrufen könne, sobald sie bei ihr zu Hause angekommen seien. Das tat sie auch.
Während Yrja telefonierte, zog Faith ihre Tochter beiseite. „Ist das nicht die Irre, die immer von Zauberei und so redet, von der du mir an deinem ersten Tag erzählt hattest?"
„Ja ... äh, ich meine: Nein!" Gazhalia stotterte. „Ja, sie ist etwas verrückt, aber sie ist total nett, wirklich!"
„Na, wenn du das sagst." Faith wirkte beunruhigt.
Gazhalia zog Yrja in ihr Zimmer, als diese mit Telefonieren fertig war. „Ich leih dir ein Nachthemd und so! – Ich lass dich jetzt aber kurz mit Chip hier alleine, weil ich Mike unten abholen muss. Bis gleich!" Mit diesen Worten verschwand sie.
„Na, Chip?", sagte Yrja ins Nichts hinein. „Ich kann dich nicht hören, aber du mich schon. Also kann ich ja reden! Obwohl ich mir vorkomme, als führte ich Selbstgespräche ..."
Währenddessen klingelte Gazhalia bei Mike unten an der Tür. Ein großer, bärtiger Mann mit einem noch größeren

Bierbauch öffnete. Gazhalia erschrak im ersten Moment, doch sie ließ sich nichts anmerken. Als nächstes haute sie die mächtige Bierfahne fast um, die der Mann hatte. Sie hustete kurz und fragte dann: „Ist Mike da?"
„Nein. Nicht da." Der Mann warf die Tür wieder ins Schloss.
„Wie unhöflich!", schimpfte Gazhalia vor der geschlossenen Tür, als diese wieder geöffnet wurde.
„He, Kleine!", sagte der ungepflegte Mann mit einer rauen Stimme. „Wenn du schon mal hier bist, kannste das hier ja mal eben runterbringen!" Er drückte ihr einen Müllbeutel in die Hand und schloss die Tür wieder.
Gazhalia holte gerade Luft, um wüste Beschimpfungen auszustoßen und dem ‚Herrn' mal zu sagen, wie man sich zu benehmen habe, da verspürte sie den merkwürdigen Drang, in die Mülltüte hineinzusehen. Sie stellte den Beutel ab und öffnete ihn. Oben auf einem Haufen Müll lag als oberstes Ur, die Rune von Mike.
„Oh nein!", stieß Gazhalia hervor. Oh nein! Oh nein! Oh nein! Das kann nicht wahr sein! Das darf nicht wahr sein! Wie kann er nur so unvorsichtig sein!?
Es war klar, dass Mikes Vater die Rune gefunden hatte. Und selbst so ein Mann, dessen IQ wahrscheinlich nicht gerade sehr hoch war, konnte eins und eins zusammenzählen. Der Zeitungsartikel über den Raub der Rune und dann findet er diese bei seinem Sohn.
Gazhalia erinnerte sich an seine Worte, als sie nach Mike fragte. „Nein. Nicht da."
„Mist, Mike hat jetzt sicher Hausarrest! Gerade heute! Verflucht!"
Oder ob Herr Cage seinen Sohn der Polizei gemeldet hatte? Es lief Gazhalia eiskalt den Rücken hinunter. Sie machte sich nun ernsthaft Sorgen um Mike. Dann spürte sie die Rune in ihrer Hand, wie sie heiß wurde. „Ah!" Sie ließ sie fallen wie

zwei Tage zuvor die Fe-Rune. Nur leuchtete Ur nicht rot, sondern schwarz, und ein schwarzes Leuchten kam heraus und flog hoch, bis es auf ihrer Augenhöhe war. „Nein, wieso ...?" Gazhalia verstand nicht, was nun geschah. „Wieso ich?"
Das schwarze Licht formte sich zu einem Elf mit langem, schwarzem, struppigem Haar, dass in einen Pferdeschwanz gebunden war. Er trug schwarze Kleider und hatte schwarze Flügel.
„Hallo, Süße!", rief der Elf kess. „Ich hatte eigentlich erwartet, dass der Auserwählte des Ur ein Junge sei!"
„Ist es auch! Ich bin Fe!", stellte Gazhalia sofort klar.
„Ich bin Leif, Hüter der Ur Rune! Wo ist denn mein Partner?" Er sah sich um.
„Er kann gerade nicht", wich Gazhalia aus. „Komm mit."
Sie rannte zurück in den achten Stock, schloss auf und düste in ihr Zimmer zu Yrja.
„Yrja!"
„Das hat aber lange gedauert!", beschwerte sich diese sofort.
„Leif ist hier!", erzählte Gazhalia und zeigte neben sich, wo Yrja aber nichts sehen konnte.
„Hey, Leif! Kennst du mich noch? Ich bin Chip!" Die kleine Elfe schien sich tierisch über den Besuch zu freuen.
„Chip? Hm... Keine Ahnung, wer du bist!" Leif kratzte sich am Kinn.
„Der ist ja ein noch größerer Macho als Mike", grinste Gazhalia.
„Ich würde zu gern hören, was die zwei sagen", jammerte Yrja, „Aber wo wir gerade von Macho sprechen ... Wo ist denn Mike?"
„Sein Vater sagte, er sei nicht da! Und er drückte mir eine Mülltüte in die Hand und sagte, ich solle für ihn den Müll wegbringen ... Tse! Aber in der Tüte war Ur! Als ich die Rune in der Hand hielt, erwachte Leif! Ich weiß aber nicht, wo

Mike ist! Hoffentlich hat sein Vater ihn nicht der Polizei übergeben!"

„Wir brechen ein." Yrjas Blick wurde leer, als schaute sie in sich hinein oder in eine andere Dimension.

„Was? Ins Gefängnis?" Gazhalia war zu aufgeregt, um klar denken zu können.

Yrja schloss die Augen. „Er hat ihn geschlagen. ‚Bist du denn des Wahnsinns!?' hat er gebrüllt. Dann hat er ihn in sein Zimmer eingesperrt …" Yrja schlug die Augen wieder auf. „Mehr weiß ich nicht. Brechen wir ein? Wir brechen ein, oder?"

„Also ist Mike doch da …" Gazhalia hatte Mitleid. „Was hat der Arme nur für einen Vater? Ich frage mich, was wohl mit seiner Mutter ist …"

„Los, los! Holt ihn!", drängelte Leif. „Befreit meinen Partner!"

Yrja und Gazhalia verließen die Wohnung wieder. Faith saß am Küchentisch und las eine Gartenzeitschrift. Sie verfolgte die Kids mit ihrem Blick, aber sie stellte keine Fragen mehr. Einmal kurz schüttelte sie den Kopf, danach wandte sie sich wieder ihrer Zeitung zu.

Die beiden Mädchen stapelten im Hinterhof alte Kartons auf einer breiten Mülltonne und Gazhalia kletterte hinauf, bis sie das Fenster des ersten Stockwerkes erreichte. Sie stellte sich aufs Fensterbrett und überlegte weiter. „Warum kann ich nicht mit Hilfe meiner Kraft fliegen?", fragte sie sich und gab sich Mühe, das Gleichgewicht auf dem schmalen Brett zu halten.

„Wieso nimmst du nicht einfach das Regenrohr?", fragte Chip an ihrem rechten Ohr.

„Das hättest du auch etwas früher sagen können", knurrte Gazhalia und streckte einen Arm nach dem Regenrohr aus. So kam sie unmöglich heran. Sie musste springen. Das tat sie dann auch. Yrja, die am Boden wartete, schlug vor Schreck die Hände vors Gesicht und nahm sie erst wieder weg, als sie Gazhalias erleichtertes „Geschafft!" hörte.

Ächzend kletterte sie nun mit Fe um den Hals und Ur in der Hosentasche noch ein Stockwerk höher. Bloß nicht runtergucken!, sagte sie sich in Gedanken.

„Chip, schau mal dort zum Fenster rein und sag mir, was für ein Raum das ist", befahl sie.

„Keine Ahnung", gab Chip die nicht sehr hilfreiche Auskunft. „Ein hässlicher Mann sitzt in einem Sessel und schaut auf einen Kasten, in dem sich Bilder bewegen."

„Okay! Dann flieg zum nächsten Fenster und sag mir, was du dort siehst!" Gazhalia hoffte, dass Mikes Zimmer eines derer war, die ihr Fenster zum Hinterhof hatten. Wenn das nicht der Fall war, mussten sie nicht nur in die Wohnung einsteigen, sondern auch noch darin herumlaufen, bis sie das richtige Zimmer gefunden hatten.

„Hier ist Mike drin!", rief Chip ihr zu.

„In Ordnung, dann mal los!" Gazhalia sprang vom Regenrohr ab und hielt sich am Fensterbrett des Wohnzimmers fest. Mit den Füßen suchte sie ein bisschen Halt an herausstehenden Mauersteinen. Dann stieß sie sich abermals ab und fing sich am Geländer des kleinen Balkons, der vor Mikes Zimmer gebaut war. Geschwind stieg sie über die Stäbe hinweg und klopfte sofort an die Fensterscheibe. Mike schien sie erst nicht zu hören. Beim zweiten, etwas lauteren Klopfen sah er kurz zum Fenster und gleich wieder weg. Dann runzelte er die Stirn. War das Einbildung gewesen? Er schaute noch einmal genauer hin. Da stand Gazhalia und winkte fröhlich.

Er starrte sie erst fassungslos, dann erstaunt an, dann machte sich ein Lächeln auf seinem Gesicht breit und zuletzt schüttelte er den Kopf. Endlich kam er zum Fenster, das bis zum Boden ging, und öffnete es. „Was tust du hier?"

„Ich hab Ur gefunden, als dein Vater mir den Müll in die Hand drückte", sagte Gazhalia wie nebenher und legte ihm die Rune in die Hand. „Leif, kommst du mal her?"
„Was? Leif? Er ist erwacht?" Mike wurde immer glücklicher.
„Tada!", präsentierte sich Leif und flog um Mikes Kopf herum, als wolle er seinen neuen Partner von allen Seiten durchchecken.
Gazhalia bemerkte die stark gerötete Stelle auf Mikes Wange. Sein Vater hatte ihn also wirklich geschlagen. „Also, wenn ich ehrlich sein darf", begann sie, „ich kann deinen Vater nicht leiden."
„Dann sind wir ja schon zwei", grinste Mike und wechselte dann schnell das Thema. „Wie bist du hierhergekommen?"
„Regenrohr!" Gazhalia zeigte mit ihrer rechten, verbundenen Hand auf das Rohr.
„Du spinnst, du bist echt verrückt", stellte Mike fest.
„Du hast vergessen, dass ich mich mit Einbrüchen schon auskenne!" Sie grinste frech. „Aber nun los!"
Yrja schob die blaue Containertonne mit dem ganzen Papiermüll unter den Balkon. „Springt!"
„Bist du bekloppt!?", rief Mike ihr zu. „Das überleben wir nie!"
„Ihr könnt doch gar nicht sterben! Ihr seid die Auserwählten! Das Schicksal braucht euch noch!"
„Dass sie uns beschützen wollte, heißt nicht, dass ich ihr vertraue!", sagte Mike zu Gazhalia.
„Ich vertraue auf Fe!" Kaum hatte sie das Wort ausgesprochen, schwang sie sich auch schon über das Geländer. Sie umschloss Fe mit beiden Händen. „Bremse meinen Fall ab!"
Kurz vor dem Aufprall schien Gazhalia langsamer zu werden und landete dann – zwar immer noch hart, aber unverletzt – im Papiermüll. Als sie herausgeklettert war, tat Mike es ihr

gleich. Nun machten sie sich auf den Weg zurück in Gazhalias Wohnung.

„Da sind wir wieder!", gab Gazhalia ihrer Mutter Bescheid, und die drei zogen sich mit den beiden Elfen in Gazhalias Zimmer zurück.

„Wo wart ihr?", fragte Faith, als die Tür zuschlug. „Ah, da wart ihr! Schön, dann muss ich mir ja keine Sorgen machen!", sagte sie zu sich selbst und verdrehte die Augen.

„So, nun kommen wir endlich zu dem Zauber, dem ersten großen, gemeinsamen Zauber, den Mike und ich geplant haben", verkündete Gazhalia und setzte sich auf den Boden ihres Zimmers. Mike setzte sich ihr gegenüber, Yrja aufs Bett.

„Chip sagte mir, dass das möglich ist, also versuchen wir es!", fuhr Gazhalia fort. „Sieh es als Dank dafür, dass du uns heute in der Schule schützen wolltest."

Yrja hob verständnislos die Augenbrauen. Was hatten die zwei denn vor?

Gazhalia und Mike fassten sich an den Händen und konzentrierten sich auf ihre Runen. Chip und Leif legten ihre Hände auf Fe und Ur und gaben ihren Teil der Kraft dazu.

Yrja spürte deutlich, wie die Energie wuchs und eine große Kraft entstand. Dass ein Zauber im Gange war, war nun für sie nicht mehr zu ‚überfühlen'.

Plötzlich war die ganze Magie verschwunden. Auf einen Schlag. Yrja wusste, der Zauber war beendet, doch was hatte er bewirkt? Erst jetzt bemerkte sie Leif und Chip, die sich erschöpft den Schweiß von der Stirn wischten.

„I-Ich ... Ich kann sie sehen!", freute sie sich.

Mike und Gazhalia schauten sich stolz an.

„Das haben wir ja super hingekriegt! Unser erster Zauber hat sofort geklappt!", lobte Mike sich und Gazhalia.

„Hallo, Yrja", begrüßte Chip sie, „schön, dass du mich jetzt auch hören kannst und nicht nur ich dich! Ich fand es aber

sehr nett von dir, dass du mit mir gesprochen hast, als Gazhalia fort war, obwohl ich dir nicht antworten konnte!"
„K-Kein Problem!", antwortete Yrja. Sie konnte ihr Glück noch immer nicht fassen.
Den restlichen Abend unterhielten sich die beiden Elfen mit Yrja, da der Zauber nicht mehr lange halten würde. Gazhalia nutzte diese Gelegenheit, um Mike über den Verbleib seiner Mutter auszuquetschen. Sie setzte sich zu ihm.
„Schlägt dein Vater dich öfter?", fragte sie ohne Umschweife.
„Nur, wenn ich Mist baue."
„Baust du oft Mist?", hakte sie weiter nach.
„Geht so."
Bei diesem Thema war Mike wirklich nicht sehr gesprächig, doch Gazhalia gab nicht auf. „Was ist mit deiner Mutter?"
„Tot."
„Oh, das tut mir Leid." Nun hatte sie ein schlechtes Gewissen, weil sie gefragt hatte.
„Muss es nicht. Ist schon acht Jahre her. Sie starb, als ich neun war."
„Weshalb?" Gazhalia traute sich nun wieder weiterzufragen.
„Autounfall."
„Oje …"
„Mein Vater war betrunken. Er war Schuld an dem Unfall. Aber sie musste sterben." Mike senkte den Kopf.
„Hm…" Gazhalia wusste nicht mehr, was sie sagen sollte.
„Mein Vater hat das nicht verkraftet. Seitdem trinkt er und hat jede Woche 'ne Neue …" Mike zuckte mit den Schultern. „So ist das halt! Nirgendwo gibt's heutzutage noch eine intakte Familie. – Was ist mit deinem Vater?"
„Der lebt in Deutschland. Meine Mutter war geschäftlich dort, als sie sich kennen lernten. Sie haben sieben Jahre dort gelebt. Dann ließen sie sich scheiden und meine Mutter nahm mich mit nach London."

„Ist sie Britin?"
„Ja, merkt man ihr gar nicht an, nicht wahr?" Gazhalia grinste.
„Hm." Mike nickte. „Und nach London?"
„Danach zogen wir nach Dublin, dann nach Chicago und zuletzt nach San Fransisco."
„Ganz schön viele Umzüge", gab Mike zu.
Dann schwiegen sie eine Zeit lang, bis Chip angeflogen kam.
„Yrja schläft."
Mike stand auf. „Dann werd ich jetzt am besten mal wieder gehen."
„Wohin denn?", fragte Gazhalia und bemerkte sein nachdenkliches Gesicht. Ihm schien jetzt erst wieder einzufallen, dass er aus seiner eigenen Wohnung wie aus einem Gefängnis ausgebrochen war. Er konnte jetzt nicht einfach durch die Tür wieder hereinspazieren.
„Ähm, gute Frage", gab er schließlich zu. „Kann ich hier bleiben?"
„Klar, im Wohnzimmer steht ein ausziehbarer Sessel."
„Danke." Er schien wirklich erleichtert zu sein.
Na ja, zu so einem Vater wollte ich auch nicht zurück, schoss es Gazhalia durch den Kopf. Dann schmiss sie sich aufs Bett und schlief sofort ein.

Tag 5

Als Faith am Morgen in die Küche kam, saßen Yrja, Gazhalia und Mike schon fröhlich plaudernd am Tisch. Kurz holte Faith Luft, um zu fragen, warum jetzt zwei Freunde anstatt einem übernachtet hätten, aber dann ließ sie es bleiben. „Guten Morgen!", grüßte sie und setzte sich mit an den schön gedeckten Tisch. Neben Brot gab es warme Brötchen, Rührei und Speck. Faith war erstaunt. „Na, so was!"
„Ich war Brötchen kaufen", berichtete Gazhalia, „ich hab das Geld aus deinem Portmonee genommen, okay?"
„Ja, in Ordnung, dann weiß ich ja Bescheid. Und wer hat die leckeren Rühreier und den Speck gemacht? Mh, riecht das lecker!", lobte Faith.
„Das waren wir beide dann wohl." Mike zeigte auf sich und Yrja. Er konnte ja schlecht die Wahrheit sagen, und zwar, dass Leif und Chip das Essen gemacht und Yrja und Mike nur den Tisch gedeckt hatten.
Gazhalia hatte die Ur-Rune auch an einem Band befestigt, sodass Mike sie um den Hals tragen konnte. Nun galt es, den dritten im Bunde zu finden, doch leider hatten sie noch keinerlei Anhaltspunkt, wer es sein konnte, und Chips Kommentar „Der Dritte kann auch in einem anderen Land wohnen." hatte sie auch nicht gerade motiviert.
In der Schule angekommen, trennten sie sich von Mike und Leif, und Yrja, Chip und Gazhalia gingen in ihre Klasse.
„Morgen ist Samstag, morgen ist frei", freute sich Yrja, als sie sich auf ihren Platz setzte.
„Das ist toll, dass diese Schule samstags keinen Unterricht hat. Dann können wir uns morgen wieder treffen und uns ausgiebig mit der Suche nach Nummer drei beschäftigen", schlug Gazhalia vor.

„Aber was ist, wenn Chip Recht hat? Vielleicht kommen alle Auserwählten aus anderen Ländern?" Yrja schaute besorgt.
„Aber ich und Mike haben uns auch hier getroffen!"
„Ja, aber du kommst ursprünglich aus Deutschland und er ist in New York geboren", korrigierte Yrja sie.
„Hm, du hast Recht. Oje, das wird schwieriger, als wir alle dachten."
Dann begann der Unterricht.
In der Mittagspause berichteten Yrja und Gazhalia Mike von ihrem Verdacht, dass die anderen Auserwählten vielleicht aus anderen Ländern kämen – was natürlich schrecklich wäre –, während Chip sich an Leif heranschmiss.
„Dann machen wir eben in den Ferien irgendwo Urlaub", schlug Mike vor.
„Und wo? Irgendeine Idee?" Gazhalia war ratlos.
„Hm, es gibt so viele Länder", murmelte Yrja.
„Mein Freund aus San Fransisco hat jetzt in Spanien Urlaub gemacht. Mitten in der Schulzeit, weil sein Vater auf Geschäftsreise musste. Er hat die ganze Familie mitgenommen", erzählte Gazhalia.
„Meinst du, das muss etwas heißen?", fragte Mike.
„Keine Ahnung ... Aber ich wollte schon immer mal nach Spanien", gestand Gazhalia ein.
„Treffen wir uns morgen wieder?", wechselte Yrja das Thema. Sie war überaus glücklich, endlich Freunde gefunden zu haben, und mit Mike verstand sie sich auch langsam besser.
„Ja, auf jeden Fall!", rief Gazhalia.
„Diesmal lade ich euch zu mir ein", schlug Yrja vor. „Ihr könnt schon morgen früh kommen, wenn ihr wollt." Sie suchte einen Zettel und einen Stift und schrieb ihre Adresse für die beiden auf.
Gazhalia und Mike bedankten sich. Dann klingelte es. Alle verschwanden wieder in ihre Klasse.

Nach der Schule gingen Mike und Gazhalia gemeinsam nach Hause. Keiner wusste mehr etwas über das Thema „Die Auserwählten" zu sagen. Sie wussten nicht weiter; sie waren in eine Sackgasse geraten.
Im zweiten Stock vor Mikes Wohnungstür verabschiedeten sie sich.
„Jetzt werde ich was zu hören bekommen!" Er seufzte.
„Das lässt dich doch kalt!" Gazhalia streckte ihm die Zunge heraus. „Viel Spaß!"
Dann rannte sie die Treppen bis zum achten Stockwerk hoch und schloss bei sich auf. Faith war nicht da.
„Wieso bist du nicht mit zu Mike gegangen?", jammerte Chip, „dann hätte ich mich noch etwas mit Leif unterhalten können!"
„So ist das Leben!", hakte Gazhalia das Thema ab. „Mach dir lieber Gedanken darüber, wie wir den Dritten unserer Truppe finden sollen."
„Keine Sorge!", wehrte Chip ab. „Ihr macht euch viel zu viele Gedanken. Fe zieht die Auserwählten an. Sie werden alle zu dir kommen."
„Und das sagst du mir jetzt erst?", beschwerte sich Gazhalia.
„Ihr seit so unselbstständig! Da hättet ihr auch locker allein drauf kommen können!" Chip fühlte sich keiner Schuld bewusst.
„Also, du hast eine ganz schön große Klappe für deinen überaus kleinen Körper, meine Liebe!", beschuldigte Gazhalia sie.
„Pah!" Chip erhob sich von Gazhalias Schulter und flog in die Küche.
„Jetzt schmollt sie ..." Gazhalia schüttelte den Kopf und zog sich in ihr Zimmer zurück, um einige Hausaufgaben nachzuholen. Am frühen Abend war sie damit fertig und ging in die Küche. Ihr war langweilig. Suchend schaute sie sich im Zimmer um. Chip war nirgends zu sehen. Dafür aber fiel Gazha-

lias Blick auf die Briefkastenschlüssel, die auf dem Küchentisch herumlagen. Kurzerhand machte sie sich auf den Weg zum Briefkasten im Erdgeschoss. So wie sie ihre Mutter kannte, hatte diese wieder mal seit einigen Tagen nicht hineingesehen. Als Gazhalia den Briefkasten öffnete, fand sie drei Briefe darin. Einer war von Mary an sie gerichtet.
„Juhu! Sie hat zurückgeschrieben", freute sich Gazhalia und ging zurück in die Wohnung, nachdem sie den Briefkasten wieder verschlossen hatte.
Die Briefe an ihre Mutter legte sie auf den Küchentisch, und danach verzog sie sich mit Marys Brief in ihr Zimmer.

Hey, Zhali!
Schön, dass du direkt geschrieben hast nach deiner Ankunft in New York! Hoffentlich hast du dich mittlerweile nicht eingelebt und willst immer noch unbedingt nach San Fransisco zurück!
Ich und Lee vermissen dich so sehr, wir konnten gar nichts mehr anstellen ohne dich! Und du? Du hast sicher schon ganz New York auf den Kopf gestellt, nicht wahr? Ich will alles wissen, ganz genau! Aber du musst mir das nicht schreiben, denn Lee und ich haben eine suuuuper Überraschung für dich! Am Samstag stehen wir vor deiner Tür! Haha! Wir schwänzen sogar die Schule für dich! Na ja, das ist ja nichts Besonderes mehr. Lee hat zwar gesagt, ich soll nichts verraten, aber ich will ja auf Nummer Sicher gehen, dass du auch da bist! Also, unser Zug kommt morgen sehr früh an. Bestimmt sind wir schon um sieben oder so bei dir!
Bis dann,
Mary

Gazhalia war total überrascht, geschockt und überglücklich zugleich. Ihre besten Freunde Mary und Lee würden sie besuchen kommen! Und das morgen schon!
„Oh, nein", machte Gazhalia dann. Ihr fiel ein, dass sie ja bei Yrja eingeladen war. „Mist, was mach ich jetzt? Ich kann die zwei ja schlecht mit zu Yrja nehmen …"
Sie suchte den Zettel mit Yrjas Adresse heraus. Ein Glück! Es stand auch eine Telefonnummer darauf. Gazhalia schnappte sich das Telefon und rief an.
„Ja bitte?", meldete sich eine Kinderstimme.
„Ja, hallo, hier ist Gazhalia. Ist Yrja zu sprechen?"
„Einen Moment bitte!", sagte das kleine Mädchen am anderen Ende der Leitung. Dann meldete sich Yrja. „Ja?"
„Hi, hier ist Gazhalia! Ich habe gerade einen Brief von meiner Freundin aus San Fransisco bekommen, und sie und ein Freund wollen mich morgen besuchen kommen! Deshalb kann ich leider morgen nicht zu dir … Tut mir Leid!"
Kurz herrschte Stille. Yrja schien enttäuscht zu sein.
„Schon gut", sagte sie dann, „kann ich verstehen. Viel Spaß morgen wünsche ich euch."
„Danke, Yrja! Bis Montag!" Dann legte sie auf.

Tag 6

Am Samstagmorgen stand Gazhalia schon um sechs Uhr auf, deckte den Tisch und machte Frühstück. Sie spannte Chip als Küchenhilfe ein.
Während Chip sich nun daran versuchte, ein Messer aus der Schublade zum Tisch zu schleppen, ging Gazhalia sich anziehen. Sie trug eine schwarze Jeans und einen braunen Rippenpullover.
Von dem Lärm geweckt, stand auf einmal Faith in der Küche und beobachtete eine zum Tisch schwebende Gabel. „Hö?"
Sie rieb sich die Augen, während Chip die Gabel schnell auf ihren Platz legte. Als Faith wieder hinsah, war alles normal.
„Ich fantasiere schon", murmelte sie. Dann runzelte sie erneut die Stirn und zählte die gedeckten Plätze. „Vier?"
Nun war sie wirklich verwirrt. Als nächstes schaute sie auf die Uhr: Zwanzig Minuten nach sechs.
„Oh, guten Morgen, Mom!" Gazhalia kam gerade aus ihrem Zimmer. „Seh ich so gut aus?"
„Du siehst immer gut aus", gab ihre Mutter verschlafen zurück, ohne sie einmal angesehen zu haben. „Sag mal, Gazha, was geht hier vor?"
„Du bist gestern so spät nach Hause gekommen, da konnte ich dir nicht mehr Bescheid sagen! Lee und Mary kommen uns besuchen! Sie kommen aus San Fransisco her! Toll, nicht wahr? Ich hab gestern Marys Brief bekommen, da stand das drin!"
„Oje!", stieß Faith hervor, „und ich dachte, ich wäre die zwei endlich für immer los …"
„Sei nicht so! Sie kommen so um sieben, deshalb bin ich so früh aufgestanden", fuhr Gazhalia fort. „Hab ich den Tisch

nicht schön gedeckt? Ich geh jetzt Brötchen holen. Isst du mit uns?"
„Ich hab heute frei, ich will noch etwas schlafen. Gestern war es spät", grummelte ihre Mutter. „Außerdem bin ich froh, wenn ich den beiden nicht begegnen muss. Also, seid nicht zu laut und lasst mich schlafen!"
Sie wollte sich gerade auf den Weg zurück in ihr Zimmer machen, als Gazhalia sie zurückhielt. „Warum warst du denn gestern erst so spät zurück?"
„Ach, ich war noch mit einem neuen Arbeitskollegen was essen …" Faith machte sich los und ging in ihr Zimmer. „Gute Nacht!"
Gazhalia legte die Stirn in Falten und blickte nachdenklich auf die geschlossene Tür. Dann klingelte es. Sofort wandte sie sich um und drückte auf den Schlüssel-Knopf, der die Haustür im Erdgeschoss öffnete. Danach riss sie die Wohnungstür auf und düste wie der Wind die acht Stockwerke immer zwei Stufen auf einmal nehmend hinunter.
„Tada!", rief ihr ein Mädchen mit blond gelockten Haaren entgegen. Sie trug ein bauchfreies Wildledertop und eine dunkelblaue Jeans, die von unten bis zum Knie außen aufgeschnitten war.
„Mary!", rief Gazhalia und fiel ihrer Freundin in die Arme. Hinter ihr stand ein Junge mit schwarzen, kurzen Haaren und asiatischen Augen. „Hi, Zhali!"
„Hallo, Lee!" Gazhalia löste sich von Mary und umarmte ihn. „Schön euch beide zu sehen. Ich wollte eigentlich noch Brötchen holen gehen, bevor ihr kommt!"
„Wir essen auch verschimmeltes Brot", grinste Mary sie an.
„Es ist toll, dass ihr hier seid!", freute sich Gazhalia noch einmal.

„Was ist denn hier für ein Radau im Treppenhaus?", hörte man eine Stimme vom Treppenabsatz. „Das kann ja nur Gazhalia Lassiter sein ..."
„Guten Morgen, Mike!", begrüßte Gazhalia ihn. „Das sind Mary und Lee, meine Freunde aus San Fransisco!"
„Wollten wir nicht heute zu Yrja?", erkundigte sich Mike.
„Ach ja! Ich hab Yrja gestern angerufen und abgesagt. Aber du kannst hingehen!"
„Yrja? Was ist das denn für ein Name?", fragte Lee mit gehobenen Augenbrauen.
„Ein komischer", meinte Mike schulterzuckend.
„Meine Mutter will nicht mit uns frühstücken", begann Gazhalia dann.
„Kein Wunder", unterbrach Mary sie.
„Deshalb habe ich einen Platz zuviel gedeckt. Willst du mit uns essen, Mike?", fuhr Gazhalia ungestört fort.
„Klar, gerne."
„Was ist denn das da?" Mary runzelte die Stirn und ging auf Mike zu.
„Was ist was wo?", fragte dieser verwirrt.
„Na, das da!" Gazhalia stockte der Atem. Sie konnte es nicht glauben. Mary zeigte auf Leif, der auf Mikes Schulter saß.
„Ich bin kein ‚Das', ich bin ein Er! Ich bin Leif, Hüter de... Umpf!"
Mike hatte Leif schnell von seiner Schulter gestoßen. „Was meinst du?", fragte er nun scheinheilig.
„Ich bin doch nicht blöd. Da saß doch was auf deiner Schulter und hat geredet!", beschwerte sich Mary.
„Na ja, ob du blöd bist, will ich jetzt nicht ausdiskutieren, aber ich hab's auch gesehen", gab Lee zu.
„Wie? Wirklich?" Gazhalias Gesicht hellte sich auf. Freude breitete sich in ihr aus.
„Ja, was war das?", hakte Lee nach.

„Das war Leif, ein Elf", erklärte Mike dann kurz.
„Hö?" Lee und Mary sahen sich fragend an.
„Am besten, wir klären das beim Frühstück bei mir in der Wohnung und nicht hier im Treppenhaus!" Gazhalia schob ihre Freunde zum Aufzug.
Am Frühstückstisch erklärten sie und Mike den beiden Freunden aus San Fransisco alles über die Runen, die Auserwählten, die Hüter und was sie alles schon erlebt hatten.
„Wow", warfen Mary und Lee zwischendurch immer wieder ein. Sie konnten es nicht glauben. Die Tatsache, dass Zauberei und Magie existierte, brachte ihre bisherige Ansicht von der Welt total aus dem Gleichgewicht. Gazhalia fiel auf, dass sie selbst das gar nicht so erschrocken aufgenommen hatte. Lee schien der Geschichte in Ruhe zuzuhören und es gefiel ihm anscheinend auch. Mary dagegen machte eine beängstigte und eingeschüchterte Miene.
Leif und Chip quatschten immer dazwischen, Leif mit aus seiner Sicht coolen Kommentaren und Chip mit lauter Beschwerden, weil sie meinte, Mike und Gazhalia würden etwas nicht korrekt genug berichten.
„So, das wär's dann ...", schloss Mike ab.
„Chip hatte also Recht, als sie sagte: ‚Fe zieht die Auserwählten an'", dachte Gazhalia laut nach.
„Das hat sie gesagt?" Mike schaute fragend.
„Ähm, ja, aber erst gestern Abend ...", verteidigte sich Gazhalia schnell.
„Die nächste Rune ist Þurs", mischte sich Chip ein. „Das heißt aber nicht, dass einer von den beiden da der Auserwählte dieser Rune ist. Þurs ist die dritte Rune und steht für ‚Giant', Gigant. Das muss nicht am äußeren Erscheinungsbild liegen, sondern eher an der gigantischen Willensstärke dieser Person. Wir gehen jetzt mal wie bei Mike davon aus, dass einer dieser beiden der Auserwählte des Þurs ist. Wenn dies

jedoch nicht der Fall ist, können wir die Runen der beiden da nicht finden. Denn sowie Fe Ur gefunden hat, so findet Ur Þurs und nur Þurs kann die vierte Rune As finden." Damit beendete Chip ihren Vortrag.
„Du sagtest einmal, dass Fe für Gesundheit steht", erinnerte sich Gazhalia, „Liegt meine Kraft dann in der Heilkunst?"
„Wäre möglich."
„Du kannst nie eine klare Antwort geben, oder?" Gazhalia schaute die kleine Elfe verzweifelt an.
„Das liegt daran, dass Chip die Antworten selbst nicht kennt!" Leif grinste frech.
„Das ist nicht wahr!", schimpfte Chip.
„Du hast mir nie gesagt, wofür Ur steht …", lenkte Mike sie von Leif ab.
„Ur steht für ‚Shower', Schauer. Deine Kraft liegt im Wasser", erklärte Chip geduldig.
„Wie viele Runen gibt es denn?", wollte Lee nun wissen.
„Es gibt 16, aber es gibt nur sechs Auserwählte. Denn das Runenalphabet ist nach den ersten sechs Runen benannt, und zu diesen sechs Runen gehören unsere sechs Auserwählten. Fe, Ur, Þurs, As, Reid, Kaun."
„Oha", machte Lee.
„In nur fünf Tagen haben wir vier Auserwählte und zwei Runen gefunden", fasste Gazhalia zusammen. „Das ist doch ein guter Schnitt oder?"
„Ja, sehe ich auch so", stimmte Mike ihr zu.
„Ruht euch jetzt nicht darauf aus. Ur, also Mike, muss sich jetzt darauf konzentrieren, die dritte Rune zu finden!", drängte Chip.
„Ja, ja, immer mit der Ruhe", bremste er sie schnell.
„Und mein Verdacht scheint sich ja auch zu bestätigen", murmelte Gazhalia nun.
„Welcher Verdacht?", fragte Lee interessiert.

„Dass alle Runenträger aus verschiedenen Ländern kommen", meinte Gazhalia nun, „ich komme aus Deutschland, Mike aus New York, du, Lee, bist in Korea geboren und Mary in San Fransisco, Kalifornien."
„Ja, aber Mike und Mary kommen beide aus Amerika", lenkte Lee ein.
„Aber aus verschiedenen Bundesstaaten", widersprach Gazhalia wieder.
„Vielleicht hast du Recht", gab Lee sich geschlagen.
„Hab ich immer!" Gazhalia streckte ihm die Zunge heraus.
„Davon träumst du", wehrte er ab.
„Wollen wir nicht doch noch alle zu Yrja und ihr von den guten Neuigkeiten erzählen?", schlug Mike nun vor.
„Klar", stimmte Lee sofort zu.
„Ja, gute Idee, ich werde sie gleich anrufen!" Gazhalia sprang auf und lief zum Telefon.
„Warum bist du so still?", fragte Lee Mary, während Gazhalia telefonierte.
„Ich hab halt nichts zu sagen", knurrte Mary zurück. Sie blickte, wie die ganze Zeit schon, stur auf den leeren Teller vor sich.
„Machst du dir Sorgen?", fragte Mike.
„Nein."
„Ich bin mal gerade auf der Toilette." Lee erhob sich.
„Du musst keine Angst haben. Über unsere Mission wissen wir noch rein gar nichts und bisher war alles, was du mit Gazhalia und Lee angestellt hast, weitaus gefährlicher, wenn ich Gazhalias Erzählungen Glauben schenken darf." Mike grinste.
„Ja, aber das hier ist was anderes. Dass so etwas wie Zauberei existieren soll ... Allein das ist schon beängstigend", gab Mary zu.
„Mach dir keinen Kopf, fürs Sorgenmachen hast du später noch genug Zeit, wenn wir erst einmal erfahren, was unsere

sogenannte ‚Mission' denn ist!" Mike warf ihr ein aufmunterndes Lächeln zu.
„Danke."
„So, wir können zu Yrja!", rief Gazhalia in dem Moment und kam zurück an den Tisch gelaufen. „Wo ist Lee?"
„Hier bin ich!" Er kam gerade zurück. „Hast mich schon vermisst?"
„Ha, ha!", lachte Gazhalia ironisch. „Los, gehen wir!"
Als sie bei Yrja klingelten, öffnete ein etwa sechs Jahre altes kleines Mädchen und führte sie durch einen engen, dunklen Flur in Yrjas Zimmer. „Yrja, deine Freunde sind da!", sagte die Kleine und zog sich dann wieder zurück.
„Hallo, setzt euch doch", bat Yrja sie und deutete auf einen kleinen Tisch vor einem Sofa. Zwei Sessel standen an den kurzen Seiten des Tisches. Mike und Lee quetschten Gazhalia zwischen sich auf dem Sofa ein, Mary nahm auf dem einen Sessel Platz, Yrja auf dem anderen. Die zwei Elfen ließen sich mitten auf dem Tisch nieder.
Mike erzählte in kurzen Sätzen, dass Mary und Lee beide die Elfen sehen konnten und somit zu den ‚Auserwählten' gehören mussten.
„Jetzt brauchen wir einen Hinweis auf den Verbleib der dritten Rune Þurs!", beendete er seine Rede.
„Und da kommt ihr natürlich zu mir." Yrja schüttelte den Kopf. „Ich habe mich etwas schlau gemacht und in der Bücherei ein paar Bücher über Fuþark und die Legenden darüber ausgeliehen."
„Oh, das war eine gute Idee", lobte Gazhalia. „Und was hast du herausgefunden?"
„Sie stammen aus Island", erklärte Yrja und sagte danach nichts mehr.
Nach kurzer Stille fragte Lee: „Und?"

„Nichts weiter ... Das andere wissen wir alles schon. Wie die Runen heißen, welche Kräfte ihnen zugeschrieben werden und so was halt. Ich hab ein kleines Buch hier, hier steht ein Gedicht über die Runen drin. Aber ich denke nicht, dass es uns helfen kann. Aber ich hätte da eine andere Idee."
Alle schauten Yrja erwartungsvoll an.
„Wir fliegen nach Island."
„Was?", riefen die anderen vier wie aus einem Munde. Leif und Chip schauten interessiert auf.
„Bald sind doch Sommerferien. Wir brauchen nur die Erlaubnis von allen Eltern und dann kann's losgehen!"
„Das ist Schwachsinn!", verwarf Lee diese Idee sofort.
„Das ist eine tolle Idee!", rief Gazhalia hingegen total begeistert.
„Tolle Idee?" Lee blickte sie nicht nur erstaunt und überrascht, sondern auch ein bisschen wütend an.
„Ja, also wer nicht will, muss ja nicht, aber ich mach auf jeden Fall mit!", stimmte Gazhalia Yrjas Idee voll und ganz zu.
„Schön", freute sich Yrja, „Wer noch?"
„Also, ich hab die gesamten Ferien Hausarrest ...", murmelte Mike.
„Warum das denn?", erkundigte sich Mary und mischte sich damit zum ersten Mal ein.
„Weil ich die Rune aus dem Museum gestohlen habe. Mein Vater hat sie gefunden", klärte Mike sie auf.
„Oh, das wird nicht schwierig", wehrte Mary ab, „wir schreiben eine Einverständniserklärung, dann füllen wir deinen Vater ab, bis er total blau ist, und lassen ihn unterschreiben! Hihi!"
„Das wird gar nicht mal so schwer ...", gab Mike zu. Er wusste, dass sein Vater sehr oft betrunken war.
„Also kommt Mike auch mit", stellte Yrja fest. „Sonst noch jemand?"

„I-Ich auch", meldete Mary sich. „Meine Eltern erlauben das bestimmt, wenn ich mit Freunden reise. Dann kann ich wenigstens in San Fransisco nicht so viel anstellen."
„Na, wenn alle mitreisen, muss ich ja auch!" Lee schien immer noch nicht ganz von dieser Idee überzeugt zu sein.
„Kommst du auch mit Yrja?", wollte Gazhalia wissen. Yrja hatten ihnen immer sehr geholfen und das, obwohl sie keine Auserwählte war und eigentlich nichts mit der Sache zu tun hatte.
„Natürlich komme ich mit! Ich bin noch nie mit Freunden verreist, ich freue mich darauf!", versicherte Yrja strahlend.
„Schön! Dann fliegen wir also alle in den Ferien nach Island!" Gazhalia freute sich ebenfalls sehr. Gemeinsam legten sie ein Datum fest, an dem sie verreisen wollten.
Am Abend kehrten sie zu Gazhalia nach Hause zurück. Sie waren nun alle davon überzeugt, dass die letzten vier Runen alle in Island zu finden seien.
Im zweiten Stockwerk verabschiedete sich Mike von den anderen dreien. Gazhalia, Mary und Lee saßen nun in der Küche und schwiegen sich an, bis Faith die Wohnungstür aufschloss und eintrat.
„Hallo, ihr drei!", begrüßte sie die schweigsame Gruppe, „Schade, als ich heute früh aufgestanden bin, wart ihr schon weg!"
„Wir waren mit Mike bei Yrja", berichtete Gazhalia. „Und wo warst du?"
„Hab einen Stadtbummel gemacht", sagte Faith kurz. „Wollt ihr was essen? Ich hab Lust zu kochen!"
„Gern", stimmte Lee lächelnd zu und flüsterte dann zu Gazhalia: „Seit wann hat deine Mutter mal Lust zum Kochen?"
„Keine Ahnung, irgendwas stimmt nicht mit ihr", wisperte diese zurück.

„Vielleicht ist sie auch eine ‚Auserwählte'", scherzte Lee, worauf Gazhalia laut anfing zu lachen. Faith warf ihr einen fragenden Blick zu.
„Äh, ach nichts", sagte Gazhalia schnell und warf Lee dann einen warnenden Blick zu.
„Und wie geht es euch so in San Fransisco?", begann Faith ein Gespräch.
„Schrecklich ohne Gazhalia", antwortete Lee.
Faith ging auf diese Anspielung nicht ein. „Und wie ist das Wetter?"
„Toll, wirklich sonnig", gab er Auskunft.
„Lee will sich bestimmt gerne noch etwas mit deiner Mutter unterhalten", meinte Mary auf einmal. „Dann nutze ich die Gelegenheit, Gazhalia mal unter vier Augen zu sprechen."
Sie stand auf und zog Gazhalia mit sich.
„Äh – was?" Lee schaute den beiden Mädchen verzweifelt hinterher. Allein mit Gazhalias Mutter, von der er wusste, dass sie ihn und Mary hasste. Er schluckte.
„Was willst du denn mit mir besprechen?", fragte Gazhalia verwundert, als sie in ihrem Zimmer angekommen waren.
Mary schloss die Tür. „Wie hast du denn diesen Mike kennen gelernt?", fragte Mary neugierig, „Der ist ja echt süß. Hat er 'ne Freundin?"
„Oh, Mann!" Gazhalia ließ sich aufs Bett fallen. „Und ich dachte, es wär was Ernstes, was du mit mir besprechen wolltest …" Sie schüttelte den Kopf.
„Ich mein es auch ernst!", beschwerte sich Mary, aber Gazhalia hatte kein Verständnis dafür. Sie hatte mit Jungs nichts am Hut.
„Finde es selbst heraus", knurrte sie. Damit war das Thema für sie erledigt.

Mary zog eine Schnute und schaute Gazhalia mit dem traurigsten Gesicht an, das sie nur machen konnte, worauf Gazhalia lautstark loslachte. In dem Moment trat Lee ein.
„Wir müssen los", sagte er. „Wir haben schon halb neun."
„Oh, ja!", rief Mary aus. „Na ja, wir sehen uns dann in Island wieder!"
Gazhalia stand vom Bett auf. „Bleibt ihr nicht über Nacht?"
„Nein, wir müssen morgen wieder zurück sein", erklärte Lee. „Wollen noch eine Bank ausrauben!"
„Ha, ha!" Gazhalia schüttelte grinsend den Kopf.
„Bis dann!" Mary umarmte sie. „War echt schön, dich wiederzusehen und deine Freunde kennen zu lernen! Ich freue mich auf Island."
„Ciao, Zhali!" Auch Lee umarmte sie. Dann verließen sie die Wohnung.
„Bleiben sie nicht über Nacht?", fragte Faith, als die beiden weg waren.
„Nein."
„Gott sei Dank!", rief Faith aus.
„Du bist echt gemein", knurrte Gazhalia sie an.
„Hm… Und wofür hab ich jetzt gekocht?", beschwerte sich Faith nun.
„Du wolltest sie ja loswerden, jetzt mecker auch nicht!", befahl Gazhalia ihrer Mutter.
„Ja, ja, ist ja gut", beruhigte diese ihre Tochter, „Aber jetzt haben wir zu viel Essen. Willst du Mike noch einladen?"
„Hm, gute Idee", stimmte Gazhalia zu. „Ich geh schnell runter und frage, ob sie schon gegessen haben."
„Du kannst seine Eltern ruhig auch einladen. Ich hab genug für fünf da! Oder hat er noch Geschwister? Dann wird's doch knapp mit dem Essen …" Faith runzelte die Stirn.

„Er lebt mit seinem Vater alleine", erklärte Gazhalia kurz. „Aber den willst du nicht wirklich kennen lernen, glaub mir, Mom!"

„Na dann." Faith zuckte mit den Schultern. „Lad die beiden ein oder eben nur Mike. Mach, was du willst."

Gazhalia rannte die Treppen hinunter. Was war nur mit ihrer Mutter los? Sie war ungewöhnlich gut drauf und benahm sich so eigenartig. Hoffentlich ist sie nicht krank, dachte Gazhalia und musste im selben Moment schon wieder grinsen. Die Gute-Laune-Krankheit ... So was täte ihr ganz gut! Sie lachte in sich hinein.

Als sie bei Mikes Wohnung angekommen war, klingelte sie. Mike öffnete.

„Huch, was machst du denn hier? Wo sind Mary und Lee?", fragte er.

„Die mussten schon wieder abreisen. Leider", seufzte Gazhalia. „Aber Mary mag dich!", fügte sie grinsend hinzu.

Mike hob die Augenbrauen. „Dann sollte ich mich ja freuen, dass sie jetzt weg sind."

„Du bist ja so fies ..." Gazhalia schüttelte den Kopf. „Na ja, ich bin hier, um euch zum Essen einzuladen. Meine Mutter hat zu viel gekocht, weil sie dachte, Lee und Mary essen noch mit uns! Also?"

„Ach ja, mein Vater ist noch nicht zu Hause. Aber ich hab noch nichts gegessen, also esse ich gerne mit!"

„Na dann komm!", forderte Gazhalia ihn auf. „Meine Mutter hat heute sehr gute Laune. Das ist selten, so etwas muss man erlebt haben!" Sie grinste.

„Soll ich mich jetzt geehrt fühlen?"

„Das hättest du fragen müssen, als ich dir sagte, dass Mary dich mag!", meinte Gazhalia und schloss bei sich die Wohnung auf.

„Essen ist fertig!", rief ihnen Faith schon entgegen.

„Wo wir gerade von Mary sprechen", begann Mike, als sie sich an den Tisch setzten. „Sie hat Angst."
„Angst wovor?" Gazhalia schien nichts davon mitbekommen zu haben.
„Vor der Tatsache, dass Za…" Er brach ab, als Faith ankam und eine Schüssel mit Spaghetti auf den Tisch stellte. Sobald sie wieder weg war, sprach er weiter. „Vor der Tatsache, dass Zauberei existiert. Ihr macht diese ganze Geschichte Angst."
„Ach, Quatsch!", wehrte Gazhalia ab. „Mary hat nie vor etwas Angst! Sie ist total furchtlos. Das bildest du dir ein."
„Nein, sie hat es mir selbst gesagt", beharrte Mike.
„Ja, bestimmt um deine Beschützerinstinkte zu wecken", grinste Gazhalia, „was sie anscheinend auch geschafft hat!"
„Meinst du damit, sie sagt mir so etwas nur, um mich anzubaggern?", fragte er erstaunt.
„Mary ist sehr einfallsreich", erklärte Gazhalia, „Wenn du wüsstest, was sie sich alles schon hat einfallen lassen, um …"
„Aber ist dir nicht aufgefallen, dass sie den ganzen Tag kaum etwas gesagt hat?", unterbrach Mike sie.
„Nein, hab ich nicht mitbekommen."
In dem Moment brachte Faith eine etwas kleinere Schüssel an den Tisch mit Tomatensoße darin.
„Sagt mal Leute", mischte sich Chip ein, die neben Gazhalias Teller saß und die Ellenbogen auf den Tellerrand stützte. „Wo ist eigentlich Leif?"
„Oh, den hab ich ganz vergessen!", rief Mike aus.
„Wen vergessen?", erkundigte sich Faith, als sie ein kleines Schälchen mit geriebenem Käse abstellte.
„A-Ach niemanden … Einen Freund. Hab vergessen, ihn anzurufen." Mike lächelte Gazhalias Mutter freundlich an.
„Wenn du telefonieren möchtest, kannst du das gerne auch von hier aus tun", bat Faith an und erwiderte sein freundliches Lächeln. „Ich hole noch Besteck."

„Siehst du? Irgendwas stimmt nicht mit ihr! Sie ist so freundlich", beschwerte sich Gazhalia im Flüsterton bei Mike.
„Du tust so, als ob deine Mutter sonst immer ein wahrer Dämon wäre!"
„Was ist jetzt mit Leif?", mischte sich Chip wieder ein.
„Er liegt auf meinem Kopfkissen und schläft."
Gazhalia lachte. Chip verschränkte die Arme und starrte missmutig auf den großen, leeren Teller.
„Nehmt euch oder soll ich euch etwas auf die Teller tun?", bot Faith an.
„Nein, nein! Wir machen das!" Gazhalia nahm Mikes Teller und füllte ihn mit Spaghetti.
Während des Essens wurde wenig gesprochen, da Gazhalia und Mike nicht vor Faith sprechen konnten.
Als Gazhalia ihren Teller geleert hatte und ihr Besteck hineinlegte, fragte sie ihre Mutter: „Darf ich in den Sommerferien nach Island?"
„Wie bitte?" Faith dachte, sie hörte nicht richtig.
„Nicht allein, versteht sich", sagte Gazhalia schnell. „Zusammen mit Mary, Mike, Lee und Yrja! Wir wollen alle zusammen nach Island."
„Ihr könnt ja gerne zusammen etwas unternehmen, aber muss das denn so weit weg sein?", fragte Faith, „Warum ausgerechnet Island?"
„Weil Island toll sein soll. Tolle Landschaft, tolle Leute …", begann Gazhalia aufzuzählen.
„Wie kommt ihr denn auf Island?", fragte Faith noch einmal.
„Nächstes Jahr nehmen wir in Geschichte die Wikinger durch", log Gazhalia. „Da können wir uns im Urlaub direkt noch etwas schlau machen! Außerdem wird es in Island im Hochsommer überhaupt nicht dunkel!"
„Ach? Seit wann tust du denn etwas freiwillig für die Schule?", fragte Faith mit kritischem Blick.

„Mom, bitte! Ich hab, seit wir umgezogen sind, nichts mehr angestellt! Ich will mich bessern! Bitte lass mich mit meinen Freunden nach Island, bitte, bitte, bitte!", flehte Gazhalia sie an.
„Soll wirklich traumhaft da sein", mischte Mike sich ein.
„Hm, du hast Recht. Wir hatten lange keinen Urlaub mehr. Ich könnte ja mitkommen", schlug Faith vor.
„Nein!", rief Gazhalia fast etwas zu schnell.
„Ja, ja, ich verstehe schon!", wehrte Faith ab. „Du darfst nach Island unter einer Bedingung: Du stellst dort nichts an, verstanden? Und du strengst dich bis zu den Ferien jetzt ganz besonders für die Schule an."
„Sind das nicht zwei Bedingungen?", fragte Gazhalia.
„Gazha, ich warne dich …"
„Okay, okay! Ich streng mich an und stelle in Island nichts an, versprochen!", beruhigte sie ihre Mutter schnell.
„Und jetzt dürft ihr den Tisch abräumen. Ich geh schlafen! Gute Nacht!" Damit verabschiedete sich Faith gut gelaunt und verzog sich in ihr Zimmer.
Während Gazhalia und Mike den Tisch abdeckten, unterhielten sie sich weiter über die Islandreise.
„Ich freue mich total darauf", gestand Gazhalia, „Ich werde an nichts anderes mehr denken können."
„Denk mal daran: Du hast deiner Mutter versprochen, für die Schule zu lernen", erinnerte Mike sie.
„Ja, ja! Passt schon!", winkte Gazhalia ab. „Kein Problem."
„Es ist nur noch eine Woche. Vielleicht strengst du dich wirklich mal an?", schlug er vor, „Schreibt ihr noch irgendeinen Test?"
„Nein, ich glaube nicht. Aber ich frage mal Yrja am Montag. Vielleicht hab ich ja was nicht mitbekommen", meinte Gazhalia gleichgültig, „Kommt bei schulischen Sachen öfters bei mir vor."

„Kann ich mir gut vorstellen", grinste Mike frech.
„Was soll das denn heißen?", knurrte sie.
„Na ja, du bist eben öfters etwas unkonzentriert und bekommst vieles nicht mit. Zum Beispiel heute hast du nicht mitbekommen, wie deine beste Freundin sich aus allem rausgehalten hat und wir sie mit unserer Runenstory total verängstigt haben."
„Das stimmt nicht!" Gazhalia wollte Mike einfach nicht glauben. „Mary ist nicht so leicht zu beängstigen, glaub mir doch!"
Später verabschiedete sich Mike von ihr und verließ die Wohnung. Gazhalia legte sich aufs Bett und dachte nach. Sie war überhaupt noch nicht müde. Zu viele Dinge gingen ihr durch den Kopf. Die Geschichte über Mary, die sie einfach nicht glauben wollte. Aber was war, wenn Mike Recht hatte? Nein, das konnte nicht sein. Gazhalia vertrieb diesen Gedanken. Und was war mit der überaus guten Laune ihrer Mutter? Die führte doch bestimmt irgendetwas im Schilde … Aber was nur? Was?
Und dann war da noch der wirklich positive Gedanke: Die Reise nach Island. Das würde bestimmt toll werden … Darüber schlief Gazhalia ein.

Tag 7

Gegen 10 Uhr erst wachte Gazhalia auf. Chip schlief noch. Sie zog sich an und schlich sich aus dem Zimmer. Nachdem sie gefrühstückt hatte, verzog sie sich ins Bad.
Als sie wieder herauskam, war ihre Mutter ebenfalls wach.
„Na, du bist aber schick angezogen", lobte Gazhalia sie.
„Geschäftsessen", sagte Faith kurz, fast entschuldigend.
„Klingt, als wolltest du dich rechtfertigen", stellte Gazhalia fest.
„Muss weg, sorry! Bye, Gazha!" Mit einem Brot in der Hand verschwand Faith aus der Wohnung.
„Tse!" Gazhalia konnte nur den Kopf schütteln. Sie ging zurück in ihr Zimmer und setzte sich an den Schreibtisch, um Marys Brief zu beantworten.

> *Hey, Mary!*
> *Ich fands echt toll gestern mit dir und Lee! Es war ein schöner Tag! Das nächste Mal besuche ich euch! Oder soll ich Mike und Yrja mitbringen?*
> *Na ja, dir wäre eh nur Mike wichtig, nicht wahr? (grins) Wo wir gerade von ihm sprechen (äh, schreiben), er meinte, dass du den Eindruck gemacht hättest, etwas Angst zu haben. Wegen der Geschichte mit unseren übernatürlichen Kräften und den Elfen und so ... Ich habe ihm natürlich nicht geglaubt. Du hast doch sonst nie so schnell vor etwas Angst, oder machst du dir wirklich Sorgen? Wenn etwas ist, wieso sagst du es mir dann nicht?*
> *Bestell Lee schöne Grüße! Wir sehen uns in Island (ich darf übrigens mit!). Bis dann,*
> *Zhali*

Sie packte den Brief in einen Umschlag, frankierte ihn und ging los, um ihn abzuschicken. Nachdem sie den Brief eingeworfen hatte, packte sie auf einmal die große Lust, einen Stadtbummel zu machen. Sie hatte die Gegend noch überhaupt nicht erkundet, und das, obwohl sie schon seit einer Woche hier wohnte. Schnell warf sie einen Blick in ihr Portmonee: zwanzig Dollar.
Hm, na ja ..., dachte sie, die Geschäfte haben eh zu. Es ist ja Sonntag!
So ging sie nur ein bisschen herum und schaute in vergitterte Schaufenster. Für Island bräuchte ich ein paar warme Sachen ..., überlegte sie dann.
Später kam sie an einem kleinen Café vorbei. Sie hatte gerade den Entschluss gefasst, sich zu setzen und sich ein Stück Kuchen zu gönnen, als ihr Blick auf einen kleinen Tisch in einer Nische fiel. Sie betrat das Café und schaute genauer hin. Es war Faith, kein Zweifel. Sie saß allein mit einem Mann am Tisch. Er schien einen Witz gemacht zu haben, denn nun lachte Faith gerade.
„Geschäftsessen, ja?", fragte Gazhalia sich selbst. „Sieht nicht so aus, als wäre das nur ein Arbeitskollege ..."
Jetzt legte der Fremde seine Hand auf die ihrer Mutter. Gazhalia machte große Augen. Ich glaub, ich kotz gleich!, schoss es ihr durch den Kopf. Schnell wandte sie sich ab und verließ das Café wieder. Ach, deshalb ist sie so gut gelaunt ... Geschäftsessen! Neuer Arbeitskollege! Tse!
Seit der Scheidung von ihrem Vater hatte Faith keine neue Beziehung mehr gehabt. Gazhalia fand das auch gut so. Es war alles gut, so wie es war. Sie wollte auf keinen Fall einen neuen Vater. Schon gar nicht einen „Arbeitskollegen" ...
Wütend marschierte Gazhalia zurück nach Hause. Sie war fest entschlossen, ihre Mutter darauf anzusprechen und ihr

ihre Meinung zu sagen. Sie fand es überhaupt nicht gut, dass Faith sie anlog, und schon gar nicht, dass sie einen Freund hatte.
Na ja, ich lüge sie ja auch ständig an, fiel Gazhalia ein. Aber wenn Kinder ihre Eltern anlügen ist das was anderes! Notlügen müssen eben sein. Aber Eltern müssen ihren Kindern gegenüber ein Vorbild sein!
Wütend schlug sie die Haustür hinter sich zu und stampfte zum Aufzug. Am liebsten hätte sie den Rufknopf zerschlagen, anstatt normal draufzudrücken. Aber als ihr einfiel, dass der Aufzug gerade erst defekt gewesen war, ließ sie es doch lieber bleiben.
Als die Türen sich öffneten und sie einsteigen wollte, kam Mike gerade die Treppen herunter. „Guten Morgen, Gaz!", rief er, als sie einstieg.
„Von wegen!", rief sie zurück und drückte im Aufzug auf die Acht.
„Was ist denn los?" Er hielt seine Hand zwischen die sich schließenden Türen und stieg mit ein.
„Gar nichts", knurrte sie.
„Sicherlich", sagte er sarkastisch. „Wegen gar nichts bin ich auch immer so schlecht gelaunt."
Sie boxte ihn leicht in die Seite. „Lass mich."
„Okay, okay, wie du willst." Der Aufzug hielt im achten Stockwerk an.
„Meine Mutter hat einen Freund", platzte Gazhalia heraus.
„Dann wird's ja höchste Zeit, dass du auch einen hast", grinste Mike.
„Das ist nicht witzig", erwiderte Gazhalia bissig und stieg aus.
„Hey, ich will dich doch nur aufheitern", verteidigte er sich und folgte ihr. „Du wirst deine Mutter aber nicht darauf ansprechen oder?"

„Natürlich werde ich! Ich werd ihr gründlich meine Meinung sagen!", rief Gazhalia aufgebracht, während sie versuchte, den Schlüssel ins Schloss zu kriegen.

„Aber damit gefährdest du deine Erlaubnis, mit uns nach Island zu fliegen!" Er fasste sie am Arm und drehte sie um.

Daran hatte sie noch gar nicht gedacht. Wenn sie jetzt Streit mit ihrer Mutter anfing, würde sie ganz sicher nicht mit nach Island fliegen dürfen.

„Ach, Scheiße", fluchte sie und drehte sich wieder zur Wohnungstür. Sie schloss auf und knallte Mike die Tür vor der Nase zu.

„Wirklich freundlich", sagte er gegen die Tür und schüttelte den Kopf. Dann drehte er sich um und stieg wieder in den Aufzug ein, um hinunterzufahren.

Gazhalia setzte sich traurig auf ihr Bett. „Was mach ich nur, was mach ich nur, was mach ich nur?", fragte sie sich und legte den Kopf in die Hände.

„Wo warst du?", meldete sich Chip meckernd.

„Du hast mir gerade noch gefehlt", fuhr Gazhalia sie an. „Sei bloß still." Sie legte sich aufs Bett und starrte die Decke an.

Chip wollte wissen, was los war, was geschehen war. Doch sie wusste, dass sie jetzt besser schweigen sollte. Also flog sie durchs Schlüsselloch aus der Wohnung heraus und suchte nach Mike und Leif.

Bis zum späten Abend lag Gazhalia so auf ihrem Bett und starrte die Decke an. Sie hatte gar nicht bemerkt, dass es draußen dunkel geworden war.

Gegen neun Uhr kam ihre Mutter zurück. „Ich bin wieder daha!", flötete sie, und als keine Antwort kam, rief sie: „Gazha? Engel? Kind? Wo bist du?"

Sie klopfte an die Zimmertür und trat ein. „Gazhalia, was ist los? Warum antwortest du nicht?"

Gazhalia wandte den Blick von der Decke ab und sah ihre Mutter an. Einen Moment lang zog sie den Gedanken in Erwägung, ihre Mutter auf den ‚Arbeitskollegen' anzusprechen. Dann aber ließ sie es doch bleiben. „Ist nichts. Alles okay."
„Sicher? Bist du krank?" Ihre Mutter sah besorgt aus und setzte sich zu ihr ans Bett.
Gazhalia richtete sich auf. „Nein, es ist wirklich nichts." Jetzt hatte sie ein schlechtes Gewissen. Sie wollte ihrer Mutter keine Sorgen machen und nicht die gute Laune verderben. Sollte sie sich doch mit diesem Mann treffen, wenn es sie so glücklich machte.
„Wenn irgendetwas ist, wenn dir schlecht ist oder du Kopfschmerzen hast, sag mir Bescheid, in Ordnung?"
„Ja, mach ich, danke." Gazhalia umarmte Faith. „Ich hab heute noch nichts für die Schule gemacht, aber morgen fange ich damit an, versprochen."
Nun schaute Faith erstaunt. „Du machst das wirklich?"
„Ja, das war doch deine Bedingung …" Gazhalia war verwirrt. War es denn so abwegig, wenn sie mal etwas für die Schule tat?
„Du bist bestimmt doch krank." Faith legte ihr die Hand auf die Stirn.
„Hey!" Gazhalia schob sie weg. „Mir geht es gut! Du bist gemein!" Sie musste grinsen.
Faith lächelte und stand auf. „Ich hab heute ein tolles Geschäft abgeschlossen. Im Moment scheine ich Glück zu haben. Vielleicht sollte ich einmal Lotto spielen?"
„Fordere das Glück nicht heraus", bremste Gazhalia sie.
„Tjaja…" Faith verließ das Zimmer.
Gazhalia fiel ihr heutiges Gespräch mit Mike ein und ein starkes schlechtes Gewissen machte sich breit. Sie war wirklich unfreundlich zu ihm gewesen.

„Ich bin noch mal kurz weg!", rief sie, als sie die Wohnung verließ. Geschwind sauste sie die Treppen bis zum zweiten Stockwerk hinunter. Als sie bei Mikes Wohnung angelangt war, drückte sie einmal kurz auf die Klingel. Mikes Vater öffnete, woraufhin Gazhalia sofort eingeschüchtert einen Schritt zurückging. Irgendwie machte ihr diese Person Angst. Und wieder roch sie den Alkohol.

„Was willst du denn schon wieder hier?", knurrte er sie mürrisch an und kratzte sich an seinem Bierbauch.

Angeekelt schaute Gazhalia weg. „Ähm, ich ... Ist Mike da?"

„Bist du seine Freundin?", fragte Herr Cage, ohne auf Gazhalias Frage einzugehen.

„Ich bin eine Freundin, aber nicht seine Freundin in diesem Sinne", antwortete Gazhalia. Sie sah, wie Herr Cage nachdachte. Der Alkohol hat ihm wohl sein Denkvermögen geraubt, dachte sie.

„Also heißt das jetzt ja oder nein?", fragte er noch einmal.

Gazhalia überlegte kurz. Wenn sie ja sagte, hatte sie eigentlich nichts zu verlieren. Außerdem war es ja nicht mal gelogen, denn sie war ja seine Freundin – nur nicht mit ihm zusammen.

„Ja", sagte sie also.

„Dann bist du also Schuld, dass mein Sohn auf einmal Einbrüche begeht und mitten in der Nacht von zu Hause abhaut und die Schule vernachlässigt?"

„Ähm..." Damit hatte Gazhalia nicht gerechnet. „Ich weiß nicht, wovon Sie sprechen."

„Nun tu mal nicht so, du Flittchen! Lass gefälligst die Finger von meinem Sohn!", schrie er, wobei er mit seinem Gazhalias Gesicht bedrohlich nahe kam. Die konnte es sich nicht verkneifen, demonstrativ mit der Hand vor ihrem Gesicht den Alkoholgeruch zu vertreiben.

„Willst du mich damit reizen?" Seine Augen verengten sich.
Da kam Mike die Treppen herauf, doch Gazhalia und Herr Cage hatten ihn noch nicht bemerkt.
„Äh, ich …" Gazhalia wusste erst nichts zu sagen. Dann fiel ihr ein, dass Mikes Vater ja betrunken war. „Kommen Sie mir bitte nicht so nahe …", begann sie und schob ihn etwas von sich weg.
„Hey, nimm deine Finger von mir, du Göre!", beschimpfte er sie und fasste ihre Hand.
„Fassen Sie mich nicht an, sonst hetze ich die gesamte Kraft des Fe auf Sie!", rief sie wütend und zog ihre Hand weg.
„Was?" Sie bemerkte, wie der Mann nachdachte und nicht verstand, wovon sie sprach. Dabei bemühte sie sich, einen entschlossenen Gesichtsausdruck zu machen.
Mike fand nun, er hätte lange genug zugesehen, und mischte sich ein. „Ihr scheint euch ja blendend zu verstehen."
Gazhalia fuhr herum. Herr Cage sah auf. „Wo warst du, Junge?"
„Einkaufen, hab ich doch gesagt." Mike hielt eine Einkaufstüte hoch.
„Diese Göre behauptet, deine Freundin zu sein." Er packte Gazhalia am T-Shirt.
Diese riss sich los. „Ich sagte eine Freundin, nicht deine Freundin …", verbesserte sie Mikes Vater schnell.
„Wo ist da der Unterschied?", fragte Herr Cage, sichtlich verwirrt.
„Hier." Mike drückte seinem Vater die Einkaufstüte in die Arme und schob ihn in die Wohnung. Dann schloss er die Tür und blieb mit Gazhalia draußen stehen.
„Sehr freundlicher Mann", nickte Gazhalia.
„Was machst du hier?", wollte Mike wissen.
„Ich wollte mich entschuldigen, weil ich heute Morgen ein kleines bisschen unfreundlich gewesen bin."
„Ein kleines bisschen ist gut …", meinte er sarkastisch.

„Ja, ja, dann eben ein großes bisschen", gab sie grinsend zu.
„Na ja, ich geh dann mal wieder. Es ist schon spät und morgen ist Schule."
Mike bedachte sie mit einem Blick, der sie nervös machte.
„Was guckst du so?", fragte sie unruhig.
„Nichts. Gute Nacht, bis morgen!" Er schloss die Tür zu seiner Wohnung wieder auf.
„O-Okay", meinte sie verwirrt und wandte sich ab. „Nacht!"
Als sie später in ihrem Bett lag, fiel ihr erst auf, dass Chip verschwunden war. „Hm, wo diese Träumerin wohl wieder abgeblieben ist?" Sie zuckte mit den Schultern. „Die wird schon wieder auftauchen!"

Tag 8

Am Morgen war Chip immer noch nicht da. Langsam begann Gazhalia, sich Sorgen zu machen. Sie vermutete, dass Chip die Zeit vergessen und nicht bemerkt hatte, dass die Sonne schon aufgegangen war. Bei Tag schwanden ihre magischen Fähigkeiten.
„Bestimmt hat sie sich wieder irgendwo einsperren lassen."
Gazhalia schmunzelte in sich hinein.
Chip war nicht dumm; sie würde den Weg zurück sicher finden. Spätestens in der nächsten Nacht.
Gerade als Gazhalia aus dem Bad kam, klingelte es und Faith öffnete. Mike holte sie wieder zur Schule ab. Sobald sie unterwegs waren, berichtete Gazhalia von Chips Verschwinden.
„Sie ist gestern Nachmittag irgendwann abgehauen! Ich hab es nicht genau mitbekommen", erzählte sie. „Was glaubst du, wo sie hin wollte?"
„Keine Ahnung, du kennst sie besser, als ich. Aber Leif ist auch verschwunden", erklärte Mike mit besorgtem Blick, „Meinst du, sie wurden wieder in die Runen eingeschlossen?"
„Nein, das glaube ich nicht!", verwarf Gazhalia diesen Gedanken, „Ich denke, die zwei sind zusammen durchgebrannt!"
Mike lachte. „Wäre auch eine Möglichkeit. Aber dafür nehmen sie unsere ‚Mission' viel zu ernst, als dass sie so etwas tun würden, denke ich."
„Wenn sie uns wenigstens sagen würden, was unsere Mission ist!"
Der Unterricht schien sich an diesem Tag ewig hinzuziehen. Gazhalia versuchte sich zu konzentrieren, um das Versprechen ihrer Mutter gegenüber einzuhalten. Jedoch gelang es ihr nur schwer. Immer wieder musste sie an Chips Verschwinden denken und wenn sie diesen Gedanken endlich

vertrieben hatte, sah sie ihre Mutter mit diesem fremden Mann in dem Café wieder vor ihrem inneren Auge. Dann beschäftigte sie immer noch Mikes Gerede über Marys Angst. Und zu guter Letzt kam jetzt noch hinzu, dass Yrja an diesem Tag nicht in der Schule erschienen war.
Nach der Pause fragte Gazhalia den Lehrer nach ihr. „Entschuldigung, hat Yrja bei der Schule angerufen, dass sie heute nicht kommt?"
„Nein", entgegnete dieser, „wir haben keinerlei Nachricht erhalten, aber bei Yrja zu Hause geht niemand ans Telefon. Würdest du ihr nach der Schule die Arbeitsblätter, die ich heute verteilt habe, vorbeibringen und ihr die Hausaufgaben sagen? Du bist doch ihre Freundin, oder?"
„Ja, gern, mach ich!" Gazhalia nahm die Papiere entgegen.
In der Pause erzählte sie Mike, dass Yrja anscheinend krank sei.
„Sehr verdächtig, dass alle drei auf einmal verschwinden", meinte er dazu.
„Alle drei?" Mike schien Yrjas Fehlen mit dem von Chip und Leif in Verbindung zu bringen. Daran hatte Gazhalia noch überhaupt nicht gedacht. „Meinst du, das hängt miteinander zusammen?"
„Na, irgendetwas Seltsames geht hier doch vor, oder was denkst du?" Er sah sie forschend an.
„Ja, irgendetwas … Aber was? Es ist in der vergangenen Woche so viel passiert … Ich kann das alles auf einmal gar nicht verarbeiten! So viele Dinge kommen auf einmal auf mich zu. Als ob diese ganze Runengeschichte mit der Magie und so weiter nicht genug Probleme brächte … Nein, ausgerechnet jetzt sucht sich meine Mutter einen Freund!"
„Was dachtest du denn? Dass sie ewig Single bleibt?" Mike hatte Recht. Das konnte sie nicht erwarten. Trotzdem hatte sie auf etwas Aufmunterung und seelische Unterstützung ge-

hofft. Stattdessen rüttelte er sie wach und holte sie in die Realität zurück.

„Hmpf!", machte Gazhalia missmutig und stocherte in ihrem Essen herum. „Ich geh nach der Schule zu Yrja. Muss ihr ein paar Schulsachen vorbeibringen. Kommst du mit?"

„Ja, gern – falls sie überhaupt da ist", fügte Mike hinzu.

„Wie meinst du das?"

„Na ja, vielleicht hat sie sich genauso in Luft aufgelöst wie Chip und Leif!", fantasierte er.

„Du spinnst. Chip und Leif sind wahrscheinlich unterwegs, um irgendwelche Nachforschungen anzustellen oder um Hinweisen nachzugehen", vermutete Gazhalia.

„Hinweise? Von wem sollten die kommen? Und wieso sollten sie das ohne uns machen?"

Darauf wusste Gazhalia keine Antwort, aber anders konnte sie sich den Verbleib der beiden Elfen nicht erklären.

Nach der Schule machten sie und Mike sich dann auf den Weg zu Yrja. Ihre Mutter öffnete die Haustür.

„Hallo, wer seid denn ihr?", fragte sie höflich.

„Freunde von Yrja. Ich bin Gazhalia Lassiter und das ist Mike Cage", stellte sie vor.

„Yrja ist krank, aber kommt doch erst einmal rein", lud Yrjas Mutter ein.

Als Gazhalia und Mike Yrjas Zimmer betraten, war alles dunkel. Gazhalia setzte sich zu Yrja ans Bett.

„Hey, Yrja!", grüßte Gazhalia. „Wie geht es dir?"

Yrja war kreidebleich und atmete schwer. „G-Ganz hervorragend …", keuchte sie.

„Ich bringe dir Sachen von unserem Lehrer mit", erzählte Gazhalia. „Ich leg sie dir auf den Tisch."

„Danke …", hustete Yrja. „I-Ich bin nicht krank …"

„Was redest du da?", fragte Gazhalia, „Erzähl das deiner Oma."

„H-Hey, meine Oma ist e-eine sehr kluge Frau ... Aber ich bin nicht krank." Sie machte eine Pause. Ihr Gesicht war schweißgebadet. „Ich höre sie ... Sie sind hinter euch her. Ich will euch warnen ... Ich belausche sie. Sie wissen nicht, dass ich sie hören kann ... Es ist anstrengend, sie wahrzunehmen, sie zu hören. Es raubt mir meine Kraft."
„Warum tust du es dann?", fragte Gazhalia. Sie wusste nicht, wovon Yrja sprach, aber sie wollte die Freundin erst einmal beruhigen.
„I-Ich kann nicht ... nicht anders. Ich höre sie, auch wenn ich es nicht will. Aber es saugt mir die Kraft aus ..." Sie holte Luft und versuchte tief durchzuatmen.
„Yrja ... Wer sind sie?", wollte Gazhalia wissen.
„Ich weiß es nicht. Sie ... sie suchen die Runenträger ... verhindern ... sie wollen verhindern, dass die Hüter erwachen ... euch stoppen ..." Sie hustete.
„Sprich nicht so viel", ermahnte Gazhalia sie. „Schlaf etwas."
„Nei... nein, es ist wichtig ... Sie sind schneller, als ihr, denn ... sie ... Island ..." Sie brach ab.
„Sie sind in Island?", mischte Mike sich nun endlich ein.
„Ja ... warten ... Passt auf euch a-auf ... bitte ... sie sind stark, sie suchen euch ... sie ... sie ... töten euch ... bevor die Hüter erwachen." Sie legte den Kopf zur Seite und schloss die Augen.
„Sie schläft, lassen wir sie." Gazhalia stand auf und ging zur Tür. Mike folgte ihr.
Als sie das Haus verlassen hatten, ließ Gazhalia sich entmutigt auf die nächstbeste Bank fallen.
„Was passiert hier nur? Wer sind sie? Und was wollen die von uns?"
„Fragst du mich das jetzt im Ernst?", gab Mike zurück und setzte sich neben sie. „Denn ich weiß genauso wenig wie du.

Was wir über sie wissen ist, dass sie in Island sind und auf uns warten, damit sie uns töten können."
„Tolle Zusammenfassung", gratulierte Gazhalia ironisch. „Wir fahren also nach Island, um uns töten zu lassen? Na, welch eine Freude …"
„Wir lassen uns nicht töten. Wir haben doch unsere Runen und die Hüter!", heiterte er Gazhalia auf.
„Ja und was ist mit Mary und Lee? Sie haben weder Rune noch Hüter bis jetzt." Sie blickte besorgt.
„In Island werden wir die fehlenden Runen finden. Auch, wenn Yrja nicht mitfährt. Keine Sorge. Hey, du bist doch Fe, unsere Anführerin! Du musst uns Mut machen, wenn wir alle verzweifeln."
„Tritt jetzt bloß nicht die ganze Verantwortung an mich ab, sonst schnapp ich noch über", flehte Gazhalia, aber sie musste schon wieder grinsen. Doch dann wurde sie ernst. „Meinst du, Yrja kommt nicht mit? Denkst du etwa, dieser Zustand hält länger an??"
„Ich weiß es nicht …", gab Mike zu.
„Langsam bekomme ich ein ganz ungutes Gefühl bei dieser Geschichte", gestand Gazhalia.
„Die Guten gewinnen immer", behauptete Mike.
„Woher wissen wir denn, dass wir für die Guten kämpfen?", wollte sie von ihm wissen.
„Hm… Das ist echt eine gute Frage", gab er zu. „Wenn Chip und Leif wieder da sind, stellen wir sie zur Rede. Sie sollen uns endlich die ganze Wahrheit sagen!"
Sie standen von der Bank auf und gingen zurück nach Hause. Diesmal ging Gazhalia zum ersten Mal mit zu Mike. Sein Vater war nicht da, dennoch fühlte sich Gazhalia nicht wohl. Sie und Mike saßen am Tisch und tranken Cola.
Nachdem sie sich eine Stunde lang über alles Mögliche unterhalten hatten, beschloss Gazhalia, sich keine Sorgen mehr

um irgendetwas zu machen und einfach abzuwarten, was passieren würde, wenn sie in Island ankämen.
Langsam wurde es spät und Gazhalia wollte nach Hause. Sie hatte Angst, Mikes Vater könnte jeden Augenblick zur Tür hereinspazieren. Trotz ihrer magischen Fähigkeiten und ihrer dadurch kämpferischen Überlegenheit jagte ihr dieser unsympathische, dicke Mann Angst ein.
Und hässlich ist er auch!, fügte sie in Gedanken hinzu und musste über sich selbst grinsen. Wie lächerlich diese trotzigen Gedanken doch waren!
„Warum grinst du so? Hab ich was im Gesicht?", fragte Mike und riss sie aus ihren Gedanken.
„Äh, was? N-Nein, nein! Nichts … Ich war gerade in Gedanken ganz woanders", wehrte Gazhalia schnell ab.
„Ach so … Und wo?" Mike schaute neugierig.
„Äh…" Gazhalia wollte nicht zugeben, dass sie seinen Vater nicht leiden konnte – noch schlimmer: Angst vor ihm hatte. Sie wollte nicht sagen müssen „Dein Vater ist ein Riesenarschloch!", obwohl ihr dieser Satz immer durch den Kopf ging, sobald sie Herrn Cage zu Gesicht bekam. „Ähm, ich hab's vergessen."
„Hast du Alzheimer?", scherzte Mike.
„Ha! Ha!", lachte sie sarkastisch. „Ich glaub, ich geh jetzt besser."
„Warum?"
„Weil es spät ist und ich müde bin", gab Gazhalia forsch zurück. „Morgen ist der letzte richtige Schultag. Am Mittwoch bekommen wir Ferien. Ich will ausgeruht sein, damit wir Island packen."
„Okay, wie du meinst." Mike stand auf und brachte sie zur Tür. „Schlaf gut."
„Ja, du auch." Sie wandte sich zur Treppe und lief hinauf.

Mike schaute ihr stirnrunzelnd nach. Was hatte sie denn jetzt auf einmal?, überlegte er.

Gerade als er die Wohnungstür hinter sich geschlossen hatte und zum Fenster schaute, sah er Leif heranfliegen. Er wollte noch ein warnendes „Vorsicht!" ausrufen, da war es schon geschehen: Leif war mit voller Wucht gegen die Fensterscheibe gesaust. Mike verzog leidend das Gesicht, als wäre der Schmerz ihm widerfahren.

„Autsch, das muss wehgetan haben", murmelte er und öffnete das Fenster. „Leif? Lebst du noch?"

„Wie man's nimmt ..." Leif kam gerade wieder heraufgeflogen, nachdem er unsanft auf dem Boden des Hinterhofes gelandet war.

„Darf man fragen, wo du gewesen bist?" Mike schaute seinen kleinen Freund prüfend an.

„Lange Geschichte. Ich bin müde, will schlafen. Ich erzähl es dir morgen ..." Leif flog an ihm vorbei.

„Oh, nein, mein Lieber!" Mike hielt ihn an den Flügeln fest und setzte ihn auf seiner anderen Hand ab. „Ich und Gazhalia haben uns große Sorgen gemacht!"

„Der Esel nennt sich immer zuerst ...", gähnte Leif. Anscheinend war er nicht zu müde, um dumme Sprüche zu klopfen.

„Hey, du weichst mir aus", stellte Mike fest. „Wir haben uns gesorgt. Wieso haut ihr einfach ab, ohne uns Bescheid zu geben? Ich dachte, wir wären Partner? Hm?"

„Ja, ja, ja ..." Leif winkte ab. „Sorry, tut mir ja echt Leid ... Gute Nacht." Er legte sich auf Mikes Hand hin und fing kurz danach laut an zu schnarchen.

Mike schüttelte den Kopf. „Tse!" Er legte Leif vorsichtig auf dem Fernsehsessel seines Vaters ab und begab sich dann in sein eigenes Bett.

Tag 9

Als Gazhalia am Morgen die Augen öffnete, sah sie Chip an den Zeigefinger ihrer Hand geklammert schlafen. Eigentlich hatte Gazhalia sich vorgenommen, wütend zu sein und Chip auszuschimpfen, doch als sie sie dort so liegen sah, konnte sie nur lächeln. Wie süß diese kleine Elfe doch aussah, wenn sie schlief. So friedlich …
„Guten Morgen Chip", flüsterte Gazhalia und zog ihren Finger aus der Umklammerung.
„Was? Wie? Wo?" Chip öffnete die Augen. „Ach, Gazhalia … Hallo!" Sie rappelte sich auf. „Entschuldige bitte mein plötzliches Verschwinden. Ich und Leif hatten kurzfristig zu tun gehabt."
„Kurzfristig zu tun gehabt? Was heißt das genau?", bohrte Gazhalia.
„Das verstehst du noch nicht. Ich könnte es dir ja sagen, aber du würdest es nicht verstehen! Also frag lieber nicht weiter."
Aus Chip war nichts herauszubekommen.
„Ach, bitte, Chip …" Gazhalia setzte einen unwiderstehlichen Hundeblick auf.
„Nix da!", schimpfte die Elfe. „Mit so was kommst du bei mir nicht weiter! Los, los! Auf zur Schule!"
„Ja, dort treffen wir uns dann mit Mike und Leif und in der Pause besprechen wir noch einmal zu viert genau eure gestrige Abwesenheit", bestimmte Gazhalia und schwang sich auf.
„Du lässt wohl nie locker, was?"
„Nicht, bevor ich nicht die Wahrheit weiß!", sagte Gazhalia stolz.
„Warum treffen wir denn nur Mike und Leif? Hast du Streit mit Yrja? Oder haben Mike und Yrja sich mal wieder gezofft?", wollte Chip wissen.

„Oh, das weißt du ja noch gar nicht!", rief Gazhalia aus.
„Gazha? Alles okay bei dir?", hörte man Faiths Stimme vor der Tür. „Mit wem sprichst du da?"
„Ähm, äh… Ich übe für einen Vortrag, den ich nach den Ferien halten soll!", erfand Gazhalia schnell.
„Nach den Ferien? Und dafür übst du jetzt schon? Und auch noch am frühen Morgen?" Faith klang erstaunt. „Na, wenn du meinst …"
„Puh, das war knapp!"
„Also, was weiß ich noch gar nicht?", griff Chip das Thema wieder auf, während Gazhalia sich umzog.
„Yrja ist krank. Sie hört irgendwelche Stimmen, und das schwächt sie. Aber sie kann es nicht abschalten. Sie meint, das wären unsere Feinde. Irgendwelche Typen, die uns töten wollen, sobald wir in Island sind", erklärte Gazhalia in Kurzform und ging dann schnell ins Bad.
Chip fiel aus allen Wolken. „Das sagst du mir jetzt erst?" Aufgebracht flog sie hinter ihrer Freundin her. „Irgendwelche Typen sagst du zu denen? Du weißt ja nicht, mit wem ihr es zu tun habt! Sie wissen schon, dass ihr nach Island kommt? Das ist ja schrecklich!" Chip war ganz außer sich. „Ihr solltet lieber nicht nach Island fliegen! Nein, ihr dürft nicht nach Island! Lasst es bleiben! Oh, bitte, lasst es bleiben!"
„Chip, was ist denn los mit dir?" Gazhalia drückte Zahnpasta aus der Tube und begann, sich die Zähne zu putzen.
„Du hast ja keine Ahnung …"
Als Gazhalia sich später an den Frühstückstisch setzte, schüttelte sie den Kopf. „Du hast mich so verwirrt, dass ich mir die Zähne vor dem Essen geputzt habe!", schimpfte sie – doch mehr mit sich selbst, als mit Chip.
„Nimm es nicht auf die leichte Schulter, dass sie schon von eurer Ankunft in Island wissen", warnte Chip wieder.

„Ich denke, wir beenden das Thema jetzt und besprechen das in Ruhe weiter mit Mike und Leif", entschied Gazhalia.
„Also, ich bin dafür, dass wir nach wie vor nach Island fliegen. Wie abgemacht! Und wir ändern unsere Meinung erst, wenn ihr uns die Wahrheit erzählt", sagte Mike einige Stunden später in der Mittagspause entschlossen und schaute Leif und Chip eindringlich an.
„Erpressung ...", knurrte Leif.
„So was von unfair!", beschwerte sich Chip.
„Ich finde es gerecht", schlug sich Gazhalia auf Mikes Seite und nickte ihm zustimmend zu.
„Hmpf!", machte Chip beleidigt und verschränkte die Arme. „Macht doch was ihr wollt. Von mir aus lasst euch halt sofort umbringen! Bäh!" Sie streckte den beiden die Zunge heraus und flog davon.
„Das nenne ich eine undiplomatische Lösung", seufzte Leif.
„Versuch mir jetzt nicht weiszumachen, dass du etwas von Diplomatie verstehst!", konterte Mike. „Nun gut, da Chip nicht mehr da ist, steht der Entschluss, trotzdem nach Island zu fahren, zwei zu eins gegen dich, Leif. Also fliegen wir wie geplant."
„Juhu!", rief Gazhalia aus, doch dann wurde sie sofort wieder ernst. „Wir sagen aber Mary und Lee nichts von den Warnungen der Elfen, okay? Ich will nicht, dass Mary noch mehr Angst bekommt ..."
„Ach, glaubst du mir also jetzt endlich?" Mike schaute sie fragend an.
„Glauben? Was glauben?", wollte Gazhalia wissen.
„Na, dass Mary sich fürchtet!"
„Ach so ... Na ja, vielleicht. Ich bin mir nicht sicher. Ich glaube nicht, dass du mich anlügst, aber ich glaube auch nicht, dass Mary Angst hat oder mir etwas verschweigen würde. Ich bin mir unsicher. Aber lieber will ich auf Nummer

Sicher gehen und verhindern, dass die Hüter irgendwie Angst in unsere Truppe bringen. Also, keiner sagt ein Wort, okay?"
„Okay", stimmten Leif und Mike zu.
„Und was sagen wir, wenn Yrja nicht mitfährt?", erkundigte sich Leif.
„Ach, du hast Leif auch schon von Yrja erzählt?", fragte Gazhalia Mike, doch es war eher eine Feststellung.
„Nein, hab ich nicht. Die beiden wussten das doch. Sie waren doch bei ihr", meinte Mike.
„Moment mal … Chip wusste nichts von Yrjas Befinden. Also einer von den beiden lügt hier …" Gazhalia schaute Leif forschend an. „Woher weißt du von Yrja?"
„Ähm, wie ich schon Mike erzählt hab: Ich war bei ihr. Chip war nicht dabei. Falls ich das gesagt habe, hab ich mich vertan. Also ich war alleine bei Yrja und hatte gestern Abend keine Zeit mehr, Chip noch davon zu unterrichten", rechtfertigte sich Leif.
„Okay, verstehe", meinte Gazhalia kurz.
„Ich werde dann mal Chip suchen …", meinte Leif und flog davon.
„Ich bin mir, ehrlich gesagt, nicht mehr so sicher, ob wir den Elfen wirklich trauen können", sagte Gazhalia leise zu Mike, nachdem Leif außer Sicht war.
„Ja, ich bin ebenfalls dieser Ansicht. Zu viele Unstimmigkeiten treten auf und dann auch noch ihr Missvertrauen uns gegenüber. Warum sollen wir ihnen trauen, wenn sie uns nicht trauen, richtig?"
„Ja, genau!" Gazhalia nickte. „Zu einem anderen Thema: Unser Flug geht morgen Abend um 18 Uhr. Ich würde gerne vorher noch einmal zu Yrja. Kommst du mit?"
„Klar – und diesmal nehmen wir Leif und Chip auch mit", bestimmte Mike.

Der Tag schien sich für Gazhalia ewig hinzuziehen. Sie sehnte sich so sehr nach der Reise nach Island; sie konnte es kaum noch abwarten. Doch die Schulstunden schienen heute besonders lange zu dauern und die Lehrer nahmen Gazhalia nie dran, wenn sie aufzeigte – dafür aber, wenn sie gerade am Träumen war.

Nach der Geschichtsstunde ging Gazhalia zu ihrer Lehrerin und fragte, ob sie nach den Ferien einen Vortrag über das aktuelle Thema halten dürfe. Dies tat sie nicht, um ihre Noten aufzubessern, sondern damit sie ihre Mutter diesmal nicht wirklich angelogen hatte. Die Geschichtslehrerin freute sich über Gazhalias plötzliche Unterrichtsbeteiligung sehr und stimmte dem Vortrag zu.

Nach der Schule wollte Gazhalia gemeinsam mit Mike nach Hause gehen, doch dieser war schon weg. Chip war auch mal wieder nirgends zu finden. So machte sich Gazhalia allein auf den Heimweg. Bei Mike an der Wohnungstür klingeln wollte sie nicht. Warum sollte ich?, dachte sie trotzig. Wenn er nicht mal auf mich wartet ... Ich laufe ihm bestimmt nicht hinterher!

Irgendwie verspürte Gazhalia an diesem Tage eine Wut in sich, wobei sie nicht wusste, woher diese eigentlich kam. Sie war einfach nur wütend auf die ganze Welt und wütend auf die Zeit, die einfach nicht vergehen wollte. So vergrub Gazhalia sich in die Hausaufgaben und machte diesmal alles besonders ausführlich, um sich möglichst lange zu beschäftigen.

Als der Abend endlich dämmerte, warf sie sich sofort aufs Bett und schlief ein.

Tag 10

Mittwoch! Es war soweit! Gazhalia hielt es kaum noch aus. Ungeduldig schaute sie fast jede Sekunde auf die Uhr, die über der Tafel im Klassenraum hing. Komm schon, klingele endlich! Bitte, bitte, wann ist diese Stunde endlich vorbei?, waren die einzigen Gedanken, die Gazhalia noch hatte, während der Lehrer ausgiebig schöne Ferien wünschte und einige Schüler nach ihren Reiseplänen befragte.
Doch dann war es wirklich endlich soweit! Es schellte. Sofort sprang Gazhalia von ihrem Stuhl auf, schnappte ihre Bücher und rannte zur Tür. Erstaunt blickten der Lehrer und die Klassenkameraden hinter ihr her.
Gazhalia war heute besonders früh aufgestanden, um vor Mike an der Schule zu sein. Sie hatte keine Lust gehabt, mit ihm zusammen herzukommen. Seit gestern hatte sie ihn nun nicht mehr gesehen. Nun aber sah sie sich suchend um. Nicht nur nach Mike hielt sie Ausschau, sondern auch nach Chip und Leif. Gerade erblickte sie die beiden Elfen auf einem Spind sitzend und in ein Gespräch vertieft. Als sie herankam, hörte sie Leif gerade noch sagen: „Wir sollten sie töten, bevor es zu spät ist."
„Wen töten?", fragte Gazhalia sofort und von großer Neugierde erfasst. Sie pflückte die zwei Elfen vom Spind und ließ sie auf ihre Schultern klettern.
„Niemanden", sagte Chip schnell und wechselte dann das Thema: „Wo ist Mike?"
„Ihr wollt jemanden töten? Könnt ihr das denn?" Gazhalia ließ nicht locker.
„Nein, aber wir können Fe und Ur nicht um Mithilfe dabei bitten", erklärte Leif.

„Leif!", mischte Chip sich ein und brachte ihn mit einem zornigen Blick zum Schweigen.
„Ihr wollt also einen Menschen töten? Einen bösen? Mike und ich würden euch sicher dabei helfen …", lenkte sie ein. Sie fühlte sich wahrlich nicht imstande, einen Menschen zu töten, jedoch sagte sie es leichthin, um mehr aus den beiden Hütern herauszubekommen.
„Der Mensch ist nicht böse, noch nicht. Aber er wird es sehr bald sein und dann ist es zu spät", fuhr Leif fort.
„Zu spät für was?", fragte Gazhalia.
„Für uns", seufzte Chip, wobei sie sehr traurig und ernst klang.
„Darf ich erfahren, um welchen Menschen es sich handelt?", erkundigte sich Gazhalia nun.
„Hi, Gaz!" Mike fasste ihr Handgelenk und zog sie herum.
„Hu? Wo kommst du denn her!?" Gazhalia hatte sich erschrocken.
„Vom Unterricht, schätze ich", grinste er. „Heute ist der große Tag. Hast du schon alles gepackt?"
„Öhm… Nö", gestand Gazhalia.
„Nicht? Wir wollten doch noch zu Yrja! Alles schaffen wir nicht", behauptete er.
„Ich schaff das schon", wehrte Gazhalia ab. „Wir müssen uns nur beeilen. Los, auf zu Yrja!"
Als sie bei Yrja ankamen, erlebten sie eine Überraschung. Yrja schien wieder topfit zu sein und hatte sogar schon zwei Koffer und einen Rucksack gepackt. Sie war fertig für die Reise.
„Na, seh ich nicht gut erholt aus?", begrüßte Yrja die beiden Freunde.
„Ja und wie!", freute sich Gazhalia, „Wieso warst du denn heute nicht in der Schule?"

„Ich dachte mir, den letzten Tag kann ich auch schwänzen!",
grinste die Genesene.
„Toll, dann müssen wir uns ja gar nicht großartig verabschieden. Schnappen wir uns die Koffer und düsen zu Gazhalia! Die hat noch gar nichts gepackt", verpetzte Mike sie. „Gazhas Mutter kann uns zum Flughafen fahren!"
„Toll, hilft mir einer beim Koffer tragen?", fragte Yrja freundlich.
„Klar!" Gazhalia schnappte sich den einen Koffer, Mike den anderen und Yrja musste nur noch ihren Rucksack tragen. Mike war der Meinung, Yrja solle sich noch nicht überfordern, nachdem es ihr so schlecht gegangen war.
Chip und Leif waren die ganze Zeit über in Schweigen versunken und sagten auch noch nichts, als Mike, Yrja und Gazhalia in heilloser Hektik Gazhalias Koffer füllten. Faith schaute ihnen lachend dabei zu, räumte dann das Wirrwarr wieder heraus und wieder ordentlich in die Koffer hinein.
Mike hatte nur eine große Reisetasche, mehr nahm er nicht mit. Gazhalia hatte nun einen kleinen Handkoffer und einen Koffer normaler Größe gepackt.
„Was nimmst du eigentlich alles mit, dass du zwei solche Koffer mitschleppen musst?", fragte Faith neugierig.
„Topsecret!", flüsterte Yrja und legte lächelnd den Zeigefinger auf den Mund.
Chip und Leif schauten sich fragend an, Mike und Gazhalia hatten nichts mitbekommen. Sie hievten gerade alle Koffer zum Aufzug.
„Wir verpassen noch unseren Flug!", keuchte Gazhalia, als sie alles im Aufzug verstaut hatten und hinunterfuhren.
„Nein, nein! Wir haben noch massig Zeit!", beruhigte sie Mike.

„Ich freue mich so, Mary und Lee wiederzusehen!", gestand Gazhalia dann. „Ich kann gar nicht schnell genug in Island sein."

„Ich frage mich, seit wann Yrja wieder so fit ist und ... und warum sie uns nicht benachrichtigt hat, dass es ihr besser geht ...", murmelte Mike nachdenklich.

„Hm ... Sie hat bestimmt ihre Gründe." Gazhalia zuckte mit den Achseln. „Chip und Leif machen mir mehr Sorgen."

„Wieso?", erkundigte sich Mike nun.

„Sie behaupten, wir müssen einen Menschen töten. Einen guten Menschen, der aber bösartig wird, wenn wir ihn nicht vorher zur Strecke bringen ... oder so was ... Ich bin nicht ganz schlau aus alledem geworden."

„Das klingt aber gar nicht gut", meinte Mike besorgt.

„Ja, ich weiß ... Warten wir's ab! Mal sehen, wie die Dinge stehen, wenn wir erst mal in Island sind."

Endlich saßen alle vier im Auto, Faith hinterm Steuer, Mike auf dem Beifahrersitz und Gazhalia und Yrja auf der Rückbank.

„Habt ihr auch alles?", fragte Faith ein letztes Mal.

„Klaro!", versicherte Gazhalia und hob den Daumen.

„Verpflegung, Gepäck, Tickets?", hakte Faith nach.

„Oh Gott! Das Ticket!", rief Mike entsetzt und stürmte zurück ins Haus. Zehn Minuten später kam er wieder. „Ich hab's! Ich musste es erst noch suchen! Mannomann, da wurde mit aber ganz anders ..."

Dann schließlich konnte es losgehen.

Es wurde noch hektischer, und als Gazhalia ihr Ticket nicht fand, liefen die drei kurze Zeit wie aufgescheuchte Hühner verwirrt durcheinander. Panisch durchwühlte Gazhalia ihre Sachen und fand ihr Ticket schließlich in ihrer Jackentasche.

„Puh!", seufzte sie.

Die Panik hörte erst auf, als alle drei im Flieger saßen. Nun konnte Ruhe einkehren.
Gazhalia saß am Fenster und hatte einen wunderbaren Ausblick auf den Flugzeugflügel. Neben ihr saß Mike und hinter ihr am Fenster saß Yrja. Der Platz neben ihr war noch frei.
„Richtig entspannen kann ich mich erst, wenn wir endlich losgeflogen sind", gestand Gazhalia. „Wir haben zehn vor sechs! Bald geht's los!"
Yrja lehnte sich zurück und schloss die Augen. Mike und Gazhalia unterhielten sich ein bisschen.
„Puh, das war aber knapp!", ließ sich plötzlich eine Stimme neben Yrja vernehmen. Als diese die Augen öffnete, sah sie, wie sich ein rothaariges, sehr blasses Mädchen mit schwarzer Kleidung auf den Sitz neben sie fallen ließ. Ihre roten Locken tanzten auf ihren Schultern, als das Flugzeug auch schon zu rollen begann.
Yrja checkte ihre Nachbarin mit einem Blick ab, schloss dann wieder die Augen und schlief ein. Erst eine Stunde später wurde sie von einem lauten Krachen hochgeschreckt. Das rothaarige Mädchen lag längs auf dem schmalen Flur des Flugzeuges. Langsam rappelte sie sich auf und schimpfte einen Jungen an, der schräg gegenüber von Yrja saß.
„Hey, was fällt dir ein, mir ein Bein zu stellen! Ich hätte mir was brechen können!", rief sie aufgebracht und warf ihre Locken umher. „Außerdem sollte man in einem fliegenden Flugzeug nicht rumspringen, es könnte sonst abstürzen!"
Yrja beugte sich zu Gazhalia und Mike vor und flüsterte: „Die malt ja auch gleich den Teufel an die Wand."
„Stimmt, etwas aufbrausendes Temperament", grinste Gazhalia zurück.
„Hey, du da!", schnauzte die Rothaarige auf einmal in Gazhalias Richtung. „Das hab ich genau gehört! Da wird schon über einen gelästert, wenn man dabeisteht!"

„Ich … äh…", stotterte Gazhalia.
Die Rothaarige beugte sich über Mike hinweg zu Gazhalia runter und schaute ihr in die Augen. Gazhalia schluckte. Was für ein Schläger is das denn!?, dachte sie. Doch dann rutschte ihrem Gegenüber eine Kette aus dem Ausschnitt. Ein Lederband, an dem etwas befestigt war: eine Rune.
„Þurs!", rief Gazhalia geschockt aus. „Ich fass es nicht!"
„Wie bitte?" Das Mädchen war sichtlich verwirrt. „Þurs? Woher kennst du das?"
„Mike, sie hat die dritte Rune", sagte Gazhalia an ihren Nachbarn gewandt und zupfte ihm ganz aufgeregt am Ärmel.
„Denkst du, ich habe das nicht mitbekommen?", gab Mike zurück.
Die Rothaarige setzte sich zurück auf ihren Platz neben Yrja. Gazhalia und Mike knieten sich auf ihre Sitze und schauten über die Rückenlehne.
„Also, ich bin Alexis", stellte sich die Fremde vor.
„Ich bin Gazhalia, das sind Mike und Yrja. Ich bin die Trägerin der ersten Rune, Fe. Mike hat die zweite, Ur. Þurs ist der dritte Buchstabe des Fuþark Alphabets", erklärte Gazhalia in Ruhe und mit gedämpfter Stimme, damit außer ihnen niemand hörte, was sie sagte.
„Bin ich froh, euch gefunden zu haben! Ich dachte schon, ich wäre verrückt geworden, weil ich Elfen sehe und niemand sonst", berichtete Alexis aufgeregt.
„Deine Elfe ist schon erwacht?", erkundigte sich Mike.
„Ja, Firun, komm raus", forderte Alexis auf, und eine kleine Elfe schlüpfte aus ihrer Hosentasche.
„Firun heißt sie?", fragte Gazhalia.
„Ja."
„Chip, Leif, wo steckt ihr?" Mike schaute in Gazhalias kleinen Handkoffer und die beiden Elfen flogen heraus.

„Howdy! Ich freue mich, euch endlich wieder zu sehen."
Firun umarmte Chip und danach Leif. „Es ist schrecklich mit Alexis! Sie hört kein bisschen auf mich und macht, was sie will!"
„Hey, ich höre dich ...", knurrte Alexis ihrer kleinen Freundin zu.
„Hooray!", rief Firun.
„Ho... was?", fragte Gazhalia.
„Ach, Firun spinnt ein bisschen", klärte Chip sie auf, „Die darf man nicht ernstnehmen. Das hat Alexis schon richtig gemacht."
„Unverschämt!", schimpfte Firun.
„Also, passen Ali und Firun gut zusammen: beide verrückt", stellte Mike fest.
„Hooray!", rief Firun wieder.
„Nenn mich nicht Ali, ich hasse das!", beschwerte sich Alexis.
„Okay, okay! Und wie wär's mit Lexis?", schlug Mike vor.
„Nee! Ich mag keine Spitznamen", wehrte Alexis gleich wieder ab.
„Na dann."
„Nur fürs Protokoll: Ich bin keine Runenträgerin und kann die Elfen nicht sehen", mischte sich Yrja ein.
„Oh, das ist aber schade", sagte Alexis mitleidig, „ist das nicht schrecklich für dich? Du bekommst ja nur die Hälfte der Gespräche mit."
„Ja, damit muss ich leben. Dank Mike und Gaz konnte ich Chip und Leif einen Abend lang hören und sehen", berichtete Yrja fröhlich.
„Ich freue mich, dass wir schon die Hälfte der Runenträger zusammen haben!", unterbrach Gazhalia sie.
„Die Hälfte? Sind es denn insgesamt sechs?", erkundigte sich Alexis.

„Oh, du weißt noch gar nichts über unsere Mission oder?", stellte Gazhalia eine Gegenfrage.
„Bitte setzen Sie sich nun auf Ihre Plätze und schnallen Sie sich an. Wir werden in Kürze landen", kam eine Durchsage aus den Lautsprechern.
„Wir reden später weiter!" Gazhalia setzte sich wieder.
Ungeduldig erwarteten alle die Landung. Yrja erzählte Alexis ein bisschen was und Gazhalia versuchte mitzuhören und drehte sich ein paar mal um, um etwas zu sagen. Yrja berichtete auch von Mary und Lee, die wahrscheinlich auch Auserwählte seien, jedoch ihre Runen noch nicht gefunden hätten. Alexis hörte interessiert zu.
Als sie in Island landeten, war es schon halb zehn nach amerikanischer Zeit. Sie hatten etwas Verspätung, da der Pilot ein Gewitter hatte umfliegen müssen.
Der Flughafen befand sich in Keflavík, also nahmen die vier sich zwei Taxis, da die ganzen Koffer nicht in ein einziges Taxi gepasst hatten. Dann fuhren sie zwei Stunden nach Reykjavík, der Hauptstadt Islands. Alexis wohnte in einem anderen Hotel als Gazhalia, Mike und Yrja. Doch die beiden Hotels lagen nahe beieinander. Yrja und Gazhalia teilten sich ein Zimmer mit zwei Betten. Mike wohnte nebenan. In seinem Zimmer standen ebenfalls zwei Betten. Das zweite würde Lee beziehen, Mary dann ein Zimmer mit nur einem Bett, das jedoch durch eine verschlossene Tür mit dem von Gazhalia und Yrja verbunden war.
Während Yrja und Gazhalia auspackten und sich einrichteten, rechnete Mike sich aus, wann Lee und Mary im Hotel ankämen, wenn ihr Flug pünktlich um 22:00 Uhr Ortszeit gelandet war.

Tag 11

Eine Viertelstunde nach Mitternacht klopfte Lee an Mikes Zimmertür.
„Hey, da bist du ja endlich! Wo ist Mary?", begrüßte ihn Mike.
„Die ist schon nebenan bei den Mädels! – Hi, Chip, hallo Leif!", grüßte Lee die beiden Elfen, die auf Mikes Schultern saßen. „Wie war euer Flug?"
„Toll, wir haben die Trägerin der dritten Rune gefunden und sie hat ihre Rune sogar schon! Das beste ist, ihre Elfe ist sogar schon erwacht", berichtete Mike im Stakkato.
„Wow, das war ja wirklich ereignisreich für euch heute! Wie heißt sie denn, die Neue?", erkundigte sich Lee.
„Alexis, und ihre Elfe heißt Firun. Alexis ist leicht reizbar, wie wir bemerkt haben, und Firun ist etwas verrückt." Mike grinste.
„Na, das hört sich ja toll an!" Lee schmiss seinen Koffer auf das Bett und klappte ihn auf. „Ich hoffe, du hast mir etwas Platz im Schrank gelassen."
„Ich nehm nicht so viel Platz im Schrank ein, ich bin ja keine Frau!", lästerte Mike.
„Hey, ich bin anwesend", knurrte Chip wütend, während Leif lachte.

„Der Flug war irre! Wir sind mitten durch ein leichtes Gewitter geflogen!", platze Mary sofort heraus, als sie durch die Verbindungstür das Zimmer von Yrja und Gazhalia betreten hatte. Die beiden hatten sie nicht kommen hören und fuhren erschrocken zusammen.
„Erschreck uns doch nicht so! – Wo ist Lee?", fragte Gazhalia.
„Schon bei Mike drüben. Seid ihr auch durch das Gewitter geflogen? Habt ihr schon ausgepackt? Findet ihr es nicht

auch so toll, dass wir alle zusammen Urlaub machen können?" Mary hörte gar nicht mehr auf zu reden.
„Erstens: Nein, wir haben das Gewitter umflogen. Zweitens: Schon fast alles ausgepackt, und drittens: Das hier ist kein Urlaub!", zählte Gazhalia gereizt auf.
Marys gute Laune war gebremst. Daraufhin berichtete Yrja von Alexis und Firun.
Um zwei Uhr morgens legten sie sich endlich schlafen.

Gegen sechs Uhr wurden Yrja und Gazhalia von einem plötzlichen und sehr lauten Trommelwirbel an der Zimmertür aus dem Schlaf gerissen.
Gähnend erhob sich Gazhalia und taumelte schlaftrunken zur Zimmertür. „Wassis?", stammelte sie, rieb sich mit einer Hand die Augen und stützte sich mit der anderen am Türrahmen.
„Guten Morgen!", rief Alexis ihr energiestrahlend entgegen. „Seid ihr etwa noch am Schlafen?"
„Wie viel Uhr?", fragte Gazhalia müde.
„Sechs Uhr in der Früh!" Alexis ging an ihr vorbei ins Zimmer hinein. Firun flog hinterher.
„Vier Stunden Schlaf …", murmelte Gazhalia vor sich hin und schloss die Zimmertür. Yrja hatte sich im Bett aufgerichtet und blinzelte Alexis entgegen, während diese die Vorhänge des Zimmers aufriss. Draußen war es bereits hell, da in Island um diese Jahreszeit die Sonne nur für zwei Stunden unterging.
„Los, aufstehen, ihr Schlafmützen! Wir haben noch viel Arbeit vor uns!", rief Alexis.
Yrjas Reaktion war, dass sie sich die Ohren zuhielt und sich unter der Bettdecke verkroch. Gazhalia setzte sich erschöpft, als hätte sie einen Kilometerlauf hinter sich, auf die Bettkante und gähnte wieder.

„Was seit ihr denn für Flaschen!?" Alexis verschwand im Bad.
Die Verbindungstür öffnete sich und Mary stolperte herüber. „Was is denn hier für ein Lärm? Wollen wir nicht noch was schlafen?"
„Alexis ist gekommen. Sie ist schuld!", verteidigte sich Gazhalia direkt.
Yrja steckte den Kopf unter ihrer Decke hervor und seufzte. „Jetzt müssen wir wohl aufstehen …"
Alexis kam mit zwei Wassergläsern zurück. Das erste kippte sie der nichts ahnenden Gazhalia ins Gesicht, worauf diese erschrocken kreischte. Yrja zog sofort wieder ihren Kopf unter die Bettdecke und rief: „Ich steh freiwillig auf! Lass mich bloß in Ruhe!"
Alexis grinste und ihr Blick traf auf Mary.
„Ich bin Mary, guten Morgen …", gähnte diese eine Begrüßung.
„Ich bin Alexis! Das da ist Firun!" Alexis trank das noch volle Wasserglas aus.
„Ich glaube, Yrja und Gazhalia hatten Recht, als sie sagten, ihr zwei wärt ein verrücktes Team", stellte Mary fest. „Ich geh mich anziehen." Damit verließ sie das Zimmer.
Gazhalia kam gerade aus dem Bad und rieb sich mit einem Handtuch das Gesicht trocken. Yrja kam unter ihrer Decke hervor und räkelte sich.
„Wohnen die Jungs nebenan?", fragte Alexis grinsend.
„Ja!", riefen Yrja und Gazhalia sofort. Alexis und Firun verließen das Zimmer.
Nebenan öffnete ihnen Mike die Tür, schaute sie müde an und schloss die Tür wieder.
„Hey, mach sofort wieder auf!" Alexis trommelte so laut sie konnte an die Zimmertür. „Die anderen Gäste werden sich noch bei dir beschweren, wenn du mir nicht aufmachst!"
Mike öffnete wieder. „Du spinnst!" Er ließ sie hinein.

„Howdy!", rief Firun und flog dem verschlafen schauenden Lee um den Kopf herum, bis seine Hand hochschnellte und sie einfing.
„Hey, gute Reflexe!", lobte Firun. „Hooray!"
„Hallo und guten Morgen! Ich bin Alexis und du musst Lee sein! Ich hab schon einiges von dir gehört!" Alexis zog auch hier die Vorhänge auf, ließ das Licht herein und riss dann die Fenster auf, sodass ein kalter Wind hineinblies.
„Ahh!" Lee wickelte sich in seine Bettdecke ein und Mike schlüpfte schnell in Hose und T-Shirt. Frierend rieb er sich die Arme. „Wie kannst du nur bei dieser Kälte in so einem Shirt rumrennen?", fragt er Alexis, die nur ein schwarzes, bauchfreies Spaghetti-T-Shirt trug. Dazu eine viel zu lange, schwarze Stoffhose. Firun trug ein Outfit in verschiedenen dunklen Grüntönen.
„Mir ist eben immer warm! Ich trage die Wärme der Erde in mir!" Alexis streckte ihm die Zunge heraus und rief dann: „Die Mädels sind auch schon alle wach und auf! Also beeilt euch! Ich hab ein Taxi bestellt, dass uns zu einem Geysir bringen wird! Wir machen heute einen auf Touristen!"
Mike und Lee schauten sie sprachlos an. Chip und Leif wachten jetzt erst auf und blickten sich verwirrt um. Sie lagen zusammen in Lees Kopfkissen gekuschelt.
Und eine Viertelstunde später saßen alle sechs in ein Taxi gequetscht. Alexis machte es sich auf dem Beifahrersitz gemütlich, während sich Mike, Lee, Yrja, Gazhalia und Mary auf der Rückbank zerdrückten. Mary hatte sich bei Yrja auf den Schoß gesetzt, daneben saß Lee und am anderen Fenster Mike mit Gazhalia auf seinem Schoß. Gazhalia lehnte mit dem Rücken am Fenster und gähnte. Wenige Minuten später war sie eingeschlafen, während sich die anderen fünf fröhlich unterhielten. Die drei Elfen saßen auf dem Armaturenbrett und tuschelten.

Nach zwei Stunden kamen sie an. Alexis bezahlte den Fahrer und die kleine Gruppe ging durch ein kleines Gebiet mit wassergefüllten Löchern, aus denen es dampfte. Eine Menschengruppe stand um ein besonders großes herum. Dieser Geysir sollte angeblich alle zehn Minuten ausbrechen. Als es soweit war, spritze drei Mal das Wasser etwa zehn Meter hoch und alle Fotoapparate blitzten. Alexis hatte auch einen dabei.
„Das Wasser in den Geysiren ist über 100 Grad heiß", erzählte sie.
„Cool, woher weißt du so was?", fragte Yrja.
„Das stand da vorne auf dem Schild." Alexis grinste, die anderen lachten.
„Hooray, da spritzt er wieder!", rief Firun.
„Aber ich glaube kaum, dass wir hier Lees Rune finden", lenkte Gazhalia ein.
„Welche ist überhaupt die nächste?", wollte Mike wissen.
„As", sagte Gazhalia. „As bedeutet übrigens Gott."
„Oh, ich bin ein Gott!", spottete Lee.
„Falls du überhaupt der Träger dieser Rune bist. Vielleicht ist es auch Mary", räumte Yrja ein.
„Und welche Rune kommt nach As?", erkundigte sich Mike.
„Reid", sagte Gazhalia. „Und die letzte Rune ist Kaun."
„Hast du das Alphabet auswendig gelernt?", foppte Alexis.
„Nein, nur die ersten sechs Runen weiß ich. Weil das Alphabet nach den ersten sechs benannt ist. Mehr muss ich ja nicht wissen", konterte Gazhalia.
„Lasst uns mal in den Souvenirshop gehen!", schlug Mary vor, um das Thema zu wechseln, und die anderen stimmten zu.
„Ist euch aufgefallen, dass diese Mary nie mitredet, wenn's um das Thema unserer Mission geht?", fragte Firun und drängte sich zwischen Leif und Chip.
„Ja, ich zweifle mittlerweile daran, dass sie wirklich eine Runenträgerin ist", stimmte Leif ihr zu.

„Aber wieso kann sie uns sonst sehen?", fragte Chip nun.
„Ja, sogar Yrja kann uns nicht sehen, obwohl sie gewisse Kräfte besitzt", bemerkte Leif. „Also, muss Mary eine Auserwählte sein."
„Wir können ja auch nicht erwarten, dass jeder der Auserwählten dieses Schicksal einfach so hinnimmt. Sie wird sich schon daran gewöhnen", beendete Firun das Thema und beschleunigte, um die Gruppe der fünf Auserwählten plus Yrja einzuholen. „Hooray!"
Im Souvenirshop vertrieben sie sich zwei Stunden lang die Zeit. Er war zwar nicht sehr groß, doch es gab viele verschiedene Sachen zu sehen. Gazhalia blätterte die ganze Zeit über nur in Büchern über Island. Fast jedes Buch war auch auf Englisch erhältlich, sodass sie sich alles durchlesen konnte.
Mike kam mit einem Buch zu ihr, dass es nur auf Isländisch und Deutsch gab. Gut, dass Gazhalia Deutsch konnte. Und wie sich herausstelle, brachte dieses Buch sogar einen Hinweis auf den Verbleib der drei fehlenden Runen.
„Interessieren Sie sich für Runen?", sprach die Verkäuferin sie auf Englisch an.
„Ja, das ist sehr interessant. Gibt es die Originale überhaupt noch?", erkundigte sich Gazhalia.
„Es existieren nur noch zwei. Das der Rune Ur, das letzte Woche in New York aus dem Museum gestohlen wurde, und das des Reid. Reid stand in einem hiesigen Museum, wurde jedoch jetzt weggeschlossen, weil man befürchtet, dass derselbe Dieb aus Amerika auch dieses Exemplar stehlen will."
„Oh, das ist wirklich schade. Unfassbar, wie Menschen einfach mit Staatseigentum umgehen." Gazhalia kaufte das deutsche Buch und verabschiedete sich dann von der Verkäuferin. Mike folgte ihr nach draußen.
„Unfassbar, wie konnten wir zwei nur Ur stehlen!", grinste er. Gazhalia lachte.

Aus dem Buch erfuhren sie, wo die Runen vor tausenden von Jahren erschaffen worden waren. Eine Hexe soll sie aus den Fluten eines großen Wasserfalls, aus Wasser, Eis, Stein, Blut und Magie geschaffen haben.
„Alle sechs Runen wurden über Jahre in Island aufbewahrt, bis sie eines Tages alle verschwanden", las Gazhalia vor. „Man hat nur drei Exemplare wiedergefunden. Ur, Reid und As. Seither wird Ur in einem Museum in New York, Amerika aufbewahrt, Reid in einem Museum in Reykjavík. Die Rune As wurde leider beim Transport in ein Museum in Deutschland völlig zerstört."
„Zerstört?", fragte Lee entsetzt. Gazhalia und Mike hatten ihn gar nicht kommen hören. Die drei Elfen saßen auf seinem Kopf und schauten ebenso entgeistern drein.
„Wie sollen wir denn jetzt weiterkommen, wenn eine Rune gar nicht mehr existiert?" Gazhalia war verzweifelt.
„Hey, Leute, was guckt ihr alle so traurig?" Alexis kam gerade aus dem Souvenirshop gehüpft. Mary und Yrja folgten ihr. Gazhalia las nochmals den Text aus dem Buch vor.
„Wir müssen die Rune As neu erschaffen!", brach Firun das traurige Schweigen.
„Firun! Das schaffen sie nicht!", verwarf Chip diese Idee gleich wieder.
„Doch, doch, meine Alexis schafft alles!", wehrte Firun ab.
„Außerdem ... Wenn As zerstört ist, dann ist Hawk tot."
Betroffen schauten Leif und Chip zu Boden.
„Wer ist Hawk?", wollte Mike wissen.
„Der Elf, der in der Rune As wohnt und auf sein Erwachen wartet", erklärte Leif kurz. „Er ist mein Bruder."
„Was ist los?", wollte Yrja wissen. „Wer ist Hawk?"
Sie hatte nichts von den Elfen hören können und nur Mikes Frage vernommen.

„Wir müssen die Rune As neu erschaffen, um Hawk ins Leben zurückzuholen!", entschied Gazhalia.
„Nein, das könnt ihr vergessen. Ihr schafft das nicht. Nicht mit nur drei Runen", beendete Chip das Thema.
„Ich bin Fe! Ich bin die Anführerin und ich habe das Sagen hier, kapiert?", fuhr Gazhalia Chip an. „Und ich habe mich entschieden! Wir erschaffen As neu!"
„Hooray!", rief Firun.
„Ja, das ist doch mal ein Wort!" Mike umarmte Gazhalia.
Entschlossen standen sie nun da.
„Äh... – und wie geht das?", fragte Gazhalia nun leicht verdutzt.
Alle lachten. Chip war beeindruckt von Gazhalias Entschlossenheit und stimmte der Aktion zu.
„Am besten wir kehren erstmal ins Hotel zurück und suchen dann eine Art Stadtbibliothek, in der wir in alten Schriften nachschauen können ...", schlug Lee vor.
„Ähm, wenn ich mal was sagen darf", mischte sich Yrja ein.
„Ja?" Alexis schaute erwartungsvoll.
„Ich hab einen Koffer voller alter Schriften aus New York dabei. Ich dachte, wir könnten das vielleicht einmal gebrauchen..."
„Yrja!", rief Gazhalia. „Das ist toll! Wenn wir dich nicht hätten!"
„Yrja ist das Gehirn der Gruppe!", grinste Lee.
Yrja wurde rot. „Ja, nun, also ... Das ist aber teilweise auf Isländisch..."
„Kein Problem. Das kann ich fließend", verkündete Firun stolz. „Hooray!"
Guter Dinge riefen sie sich ein Taxi und fuhren – gequetscht wie auf der Hinfahrt – zurück zum Hotel.
Als sie dann gegen Mittag wieder dort waren, wurde erst einmal zu Mittag gegessen. Eigentlich hatten sie vorgehabt, im Hotelrestaurant zu speisen, doch nach einem Blick auf die

Preise stellten sie fest, dass dies ihre Reisekasse wohl etwas überlasten würde. So gingen sie in ein nahegelegenes Restaurant, indem dieselben Gerichte nur noch die Hälfte kosteten.

„Das war lecker!", verkündete Mike, als er sein Besteck auf dem leergeputzten Teller zusammenlegte.

„Das kannst du laut sagen", stimmte auch Gazhalia zu.

„Meint ihr, wir treffen auch mal auf einen Yeti, wenn wir hier in die Berge fahren?", stellte Alexis Vermutungen an.

„Nee!", wehrte Yrja entschieden ab. „Yetis gibt es doch nicht in Island – wenn überhaupt."

„Doch natürlich!", widersprach Alexis. „Warum auch nicht? Hier gibt's doch auch Schnee!"

„Aber nicht überall, wo Schnee ist, gibt es auch automatisch Yetis", pflichtete Gazhalia Yrja bei.

„Also, ich bin der Meinung, dass es sowieso keine Yetis gibt", mischte sich Mike ein.

„Natürlich gibt es die", widersetzte sich Alexis immer noch. „Woher kommen sonst die Sagen? Magie gibt es ja auch. Ganz sicher gibt es Yetis in Island."

„Also, wenn ihr mich fragt ...", begann Lee, doch er wurde von Alexis forsch unterbrochen:

„Dich fragt aber keiner!", zischte sie. „Yetis gibt es und ich gehe hier nicht weg, bevor ich einen gesehen habe! Damit basta!"

Lee und Mary schauten etwas verwirrt. Alexis schien diese kleine Kabbelei sehr ernst zu nehmen. Doch Gazhalia, Mike und Yrja kannten ja schon das aufbrausende Temperament der neuen Freundin.

„Hooray!", rief Firun. „Und wieder hat Alexis eine Schlacht gewonnen!"

„Wann wird diese Verrückte eigentlich eingeliefert?" Gazhalia hob eine Augenbraue und deutete auf Firun, die so empört war, dass ihr die Worte fehlten. Leif und Chip rollten sich vor Lachen auf dem Restauranttisch.

„Wir sollten bezahlen und endlich mit den Nachforschungen über die Neuerschaffung der vierten Rune beginnen", drängte Yrja ungeduldig. Sie hatte Gazhalias Witz über Firun nicht verstanden, da sie zuvor die Elfe nicht gehört hatte. Ihr Wunsch, die Elfen genauso wie die anderen wahrnehmen zu können, wurde mit jedem Mal größer.

Wenige Minuten später hatten sie gezahlt und sich auf den Weg zurück zum Hotel gemacht. In Gazhalias und Yrjas Zimmer hievten sie Yrjas zweiten, sehr schweren Koffer auf den Boden und klappten ihn auf. Im Kreis setzten sich alle um die regelrechte Bibliothek, die Yrja mitgeschleppt hatte.

Jeder schnappte sich ein Buch und fing an zu Blättern.

„Wonach genau suchen wir eigentlich?", fragte Lee etwas verlegen.

„Ich suche nach Neuerschaffung von Runen." Yrja sah nicht von ihrem Buch auf.

„Sucht lieber nach ‚Das Ritual der Runengeburt'", empfahl Chip und wiegte nachdenklich den Kopf hin und her.

„Tun wir, was die Elfe sagt", schlug Mike vor und konzentrierte sich wieder auf das Geschriebene in dem Buch, das auf seinem Schoß ruhte.

„Die Elfe." Chip verdrehte die Augen. „Ich hab auch einen Namen."

Etwa eine Stunde lang herrschte Stille. Dann endlich schien Alexis auf etwas gestoßen zu sein. Es war ein Text über die Geburt der Runen; jedoch stand nichts über das Ritual dabei. So mussten sie von Neuem suchen.

Wenig später brach Gazhalia das Schweigen, indem sie begann, einen Text zu lesen. „Das Ritual der Geburt der Runen Islands. Fe, Ur, Þurs, As, Reid, Kaun sind die ersten sechs Runen des Runenalphabets, nach denen das Alphabet benannt ist. Und es sind die auserwählten, magischen Runen. Die Hexe Laissa schuf sie mit böser Absicht aus Stein, Sand und dem starken, unbändigen Wasser des Gulfoss."

„Gulfoss? Ist das nicht der riesige Wasserfall, der auch in dem Buch, das wir heute gekauft haben, erwähnt wird?", unterbrach Mike sie.

„Jap, genau der", bestätigte Gazhalia.

„Was steht da noch? Auch das Ritual?", hakte Alexis nach.

„Wartet", bat Gazhalia und fuhr dann fort: „Durch ein Ritual, das sie am Geysir ‚Strokkur' durchführte, vereinigten sich Stein, Sand und das ungezügelte Wasser zu einer unbekannten Materie in Form der Rune Fe. Dieses Ritual vollführte Laissa, die dunkle Magierin, auch bei den anderen Runen. Doch als am Ende ihre Konzentration nachließ und sie sich schon triumphieren sah, so besagt die Legende, da zerbrach bei der Geburt der letzten Rune das Glas, mit dem sie das Wasser hinzufügte. So fielen Splitter und Blut zu den anderen Zutaten in den störrischen Geysir hinein, wodurch ein Fluch auf die Runen überging, der sie einzig und allein durch Glas zerstörbar machte.

Der unwillige Geysir Strokkur sprühte besonders hoch bei der Geburt der letzten Rune, Kaun, und warf seine kochenden Wasser über die Magierin, wodurch er sie tötete. Ihre Seele zersprang in sechs Teile und erfüllte die Runen mit Leben. Sie gab die von ihr gefangenen Elfen frei und verbannte sie zugleich zu ewigem Schlaf in die Runen. Zu ewigem Schlaf, bis eines Tages sie jemand wecken wird."

Stille trat ein. Keiner sagte ein Wort, als Gazhalia geendet hatte.

„Bisher der längste Text, der uns weiterhelfen konnte", meinte Mike nach einer Weile.

„Hier unten stehen noch ein paar Zeilen. So eine Art Zauberformel, welche die Hexe angeblich bei ihrem Ritual gesprochen hat", ergänzte Gazhalia.
„Toll, gleich noch der passende Spruch dazu! Dann können wir die Sache ja heute noch über die Bühne bringen!", freute sich Alexis enthusiastisch und schmiss ihre wilden, roten Locken um sich.
„Es wird schon dunkel", wollte Yrja sie von der ‚Heute-Idee' abbringen.
„Ja, eben deshalb ja!" Alexis ließ sich nicht beeindrucken. „Oder denkt ihr, wir können so eine Aktion bei Tag durchführen, wenn ganz viele Touristen auch noch dabei zusehen?"
„Da muss ich ihr Recht geben", stimmte Gazhalia der Idee zu.
„Außerdem wird es gar nicht dunkel … Der Himmel ist schon den ganzen Nachmittag so düster und wolkenverhangen", stellte sich auch Mike auf Alexis' Seite. „Schließlich wird es in Island um diese Jahreszeit nur zwei Stunden dunkel. Schon vergessen?"
„Ja, ja, ich seh's ja ein", gab Yrja sich geschlagen. „Aber dann lasst uns erst noch ein paar Stunden schlafen und wir brechen dann zwei Stunden vor Einbruch der richtigen Dunkelheit auf. Der Weg mit dem Taxi dauert ja in etwa so lange."
„Ja", stimmte Lee zu. „Mir fällt auf, dass wir mehr Geld fürs Autofahren als fürs Essen oder Sonstiges ausgeben werden."
„Stimmt." Mike grinste. Gazhalia, Yrja und Alexis kicherten. Nur Mary schwieg die ganze Zeit.
Jeder zog sich in sein Bett zurück und Alexis, die für die paar Stunden nicht in ihr Hotel zurückgehen wollte, kuschelte sich mit einer Wolldecke in einen Sessel von Marys Zimmer.
Yrja weckte die anderen zwei Stunden zu früh auf, da ihr eingefallen war, dass sie zuerst noch zu Gulfoss, dem riesigen

Wasserfall fahren mussten, um die „Zutaten" zu sammeln. Dieser lag etwa noch eine halbe Stunde weiter als die Geysire.
Alle waren versammelt – nur die Elfen fehlten noch. Sie hatten sich im Bad vom Jungenzimmer getroffen, um einige wichtige Dinge zu besprechen.
Die Freunde schwärmten aus, um ihre kleinen Begleiter zu suchen. Als Gazhalia sich dem Badezimmer näherte, hörte sie die Stimmen.
„Wir müssen bald herausfinden, wer es ist", vernahm sie Chips Stimme gedämpft durch die Tür. Sie beschloss zu warten und zu lauschen.
„Ja, wir müssen es herausfinden, und zwar vor ihnen!", pflichtete Leif ihr bei.
„Wir können aber nicht mit der Unterstützung unserer sogenannten Auserwählten rechnen. Bei dieser Angelegenheit können wir keine Hilfe erwarten." Das war das erste Mal, dass Gazhalia Firun in ernstem Ton sprechen hörte. Sehr ernst sogar. Es schien um etwas wirklich Wichtiges zu gehen.
„Wenn wir herausgefunden haben, wer es ist, dann können wir ihn nur mit Hilfe der Auserwählten beseitigen. Wenn wir es nicht vor ihnen herausfinden, werden sie die Auserwählten allesamt töten, bevor diese überhaupt ihre Mission kennen", lenkte Chip ein.
„Die Auserwählten würden – wenn wir sie einweihen – aber eher gegen uns arbeiten, als uns zu helfen", wehrte Firun wieder ab.
„Wir sind aber auf ihre Hilfe angewiesen, sonst werden wir sie niemals besiegen. Dann hätten wir das alles gleich lassen können", mischte sich Leif wieder ein.
Gazhalia hatte gar nicht bemerkt, dass Mike hinter ihr stand und ebenso viel gehört hatte wie sie selbst. Nun legte er ihr die Hand auf die Schulter, was sie erschrocken aufschreien ließ.

„Musst du mich so erschrecken!?", rief sie entsetzt. Der Schreck saß ihr noch in den Knochen.
Die Elfen kamen aus dem Bad heraus, da sie den Schrei gehört hatten.
„Wir müssen los", sagte Mike. „Ich wollte dir nur Bescheid sagen."
Wieder saßen alle zusammengepfercht im Taxi, wie sie es schon gewohnt waren. Und wieder hatten sie das gleiche Ziel. Die Geysire. Nein – diesmal ging es noch ein Stück weiter. Zu Gulfoss, dem riesigen Wasserfall. Aus der Ferne kam er angeströmt und fiel dann elf Meter herab auf ein kleines Plateau, von dem aus er weitere zweiundzwanzig Meter herunterstürzte auf ein weiteres Plateau. Zuletzt sauste er noch einmal siebzig Meter in die Tiefe und floss dann als ein Kilometer langer Fluss durch eine Felsenschlucht.
Yrja sammelte etwas Sand und einen Stein ein und stellte sich zuletzt an die Klippen und hielt ein Glas in den erfrischenden Sprühregen des wilden Wasserfalls – solange, bis es voll war.
Das Taxi hatte gewartet und sie stiegen alle wieder hinein, um zurück zu den Geysiren zu fahren. Dort bezahlten sie dann und baten den Fahrer nicht, auf sie zu warten. Im Gegenteil sogar: Sie drängten ihn zum Wegfahren. Schließlich wollten sie ungestört sein bei ihrem geheimnisvollen Ritual.
Fe als Anführerin wurde auserwählt, das Ritual durchzuführen. Mit „Na, herzlichen Dank auch!", hatte Gazhalia die Aufgabe angenommen. Strokkur, der Geysir, der alle zehn Minuten ausbrach, hatte sich nun gerade des Drucks entledigt und Gazhalia begann. Die anderen warteten in einigem Abstand und konzentrierten – so gut sie das schon kontrollieren konnten – ihre magischen Kräfte auf Gazhalia.
Diese hatte bereits den Sand aus Yrjas Tüte in ihre Hand gekippt und hielt diese jetzt über den im Moment ruhigen Gey-

sir. „Sand, aus dem du geschaffen." Langsam ließ sie den Sand hineinrieseln. Der Geysir Strokkur dampfte und blubberte ohne Veränderung weiter vor sich hin. Gazhalia nahm den Stein und ließ ihn in den Geysir plumpsen. „Stein, aus dem du entstanden." Nichts regte sich. Keine Veränderung. Gazhalia hockte sich hin und nahm das neben ihr auf dem Boden stehende Glas mit dem Wasser auf. Sie erhob sich langsam und ließ es stetig in den Geysir fließen. „Wasser, aus dem du geboren." Es zischte und der Geysir spuckte ein paar kleine Spritzer hoch. Doch nichts weiter geschah. Mehr als das war jedoch im Buch nicht beschrieben gewesen.
Gazhalia wandte sich zu den Freunden um und warf ihnen einen verzweifelten Blick zu. Diese zuckten nur mit den Schultern und erwiderten ihren Blick.
Gazhalia beschloss, zu improvisieren. Sie erinnerte sich an die Geschichte zu dem Ritual, die im Buch gestanden hatte. Also hob sie ihren Arm erneut über den Geysir, das leere Glas in der Hand, und drückte, so fest sie nur konnte, zu. Ein lautes Klirren war zu hören, als das Glas sprang, und Gazhalia zuckte schmerzerfüllt zusammen, als die Scherben sich in ihre Hand schnitten. „Glas, durch das du getötet." Ihre Stimme zitterte, als die Scherben ins kochende Wasser des Geysirs fielen. Kurz darauf folgten die Blutstropfen, die aus mehreren Schnitten in Gazhalias Hand tröpfelten. „Blut, das du verloren", improvisierte sie auch die letzte Zeile ihrer neuen Zauberformel.
Der Geysir blubberte gemütlich weiter. Dann begann er zu brodeln. Gazhalia war sich nicht sicher, ob es nicht nur der zehnminütliche Ausbruch war oder ob ihre Zugabe etwas gebracht hatte.
Sicherheitshalber zog sie ihren Arm zurück und ging ein paar Schritte rückwärts. Plötzlich schoss ihr ein Satz aus der Geschichte durch den Kopf. Der Satz, der erzählte, was angeb-

lich geschehen war, nachdem auch Blut und Glas in den Geysir gefallen waren.

„Der unwillige Geysir Strokkur sprühte besonders hoch bei der Geburt der letzten Rune, Kaun, und warf seine kochenden Wasser über die Magierin, wodurch er sie tötete", sprach Gazhalia flüsternd vor sich hin, wich jedoch nicht weiter zurück. Sie war wie gebannt von dem Geysir. Es war, als würde er mit ihr sprechen, sie magisch anziehen. Er erzählte ihr stumm, was gleich geschehen würde, und obwohl sie verstand, verstand sie auch nicht. Wie weggetreten, wie in Trance ging sie wieder auf Strokkur zu und stellte sich noch näher an den Rand als zuvor beim Ritual. So nah, dass sie fast abrutschte. Sie verspürte überhaupt keine Angst und hatte sogar den Wunsch, noch weiter zu gehen. Vielleicht hineinzuspringen? Im Nachhinein wusste sie selbst nicht mehr, was da los gewesen war. Ob es Laissa auch so ergangen war?

Wahrscheinlich wäre Gazhalia wirklich gesprungen, wenn nicht auf einmal jemand sie am Arm gepackt und davongezogen hätte. Alle hatten bemerkt, dass Gazhalias Zugabe etwas verändert und bewirkt hatte. Doch keiner konnte ihr merkwürdiges Verhalten danach deuten. Mike jedoch hatte sich ebenfalls an die Geschichte erinnert und hatte Gazhalia gerade noch rechtzeitig von Strokkur davongezogen. Sie waren nur fünf Meter von ihm weg, die Hälfte des Weges zu den anderen, als er ausbrach. Und wie er ausbrach! Eine riesige Wasserfontäne schoss hinauf in die Lüfte und keiner der Anwesenden hätte sagen können, wie hoch sie war, da der Geysir seitlich noch eine starke Druckwelle entsandte – begleitet von kleinen, aber glühend heißen Wasserspritzern –, die sie allesamt umpustete und ein noch minutenlang anhaltendes Rauschen in den Ohren hinterließ.

Gazhalia – aufgewacht aus ihrer Trance – hob nach kurzer Zeit den Kopf. Alle Knochen taten ihr weh. Neben ihr rappelte sich Mike auf. Als Gazhalia sich auf die Hände stützte, zuckte schmerzerfüllt die rechte, blutüberströmte zurück.
Mike sah entsetzt zu ihr. „Hey, das sieht übel aus. Warum hast du das überhaupt gemacht? Das kann Narben geben!"
„Tja, gebracht hat es sowieso nichts ... Aber ich musste es ja einmal versuchen." Gazhalia seufzte. Dann zog sie vorsichtig an einem noch stecken gebliebenem Glassplitter. „Au!"
Mit einem Ruck hatte sie ihn heraus und schmiss ihn davon. Mike zog Gazhalia das Tuch vom Hals und band es ihr provisorisch um die Hand. Sofort färbte sich das gelbe Tuch blutrot.
Aus geringer Entfernung hörten sie nun, wie sich die anderen auch langsam aufrafften und zu ihnen kamen.
Plötzlich begann Gazhalia zu husten, als hätte sie sich gerade an einem heißen Getränk verschluckt. Schließlich spuckte sie einen kleinen Stein aus und keuchte erleichtert. „Mann, ey, ich bin ja fast erstickt and diesem Mistding. Wo kam das denn her?"
Doch als sie es in die Hand nahm, stockte ihr erst recht der Atem. Das war As! Das war die zerstörte, verlorene Rune! Dort lag sie. In ihrer Hand. Sie hatte es geschafft.
„Hey, ich hab's geschafft! Jetzt hab ich bewiesen, dass ich es wert bin, Anführerin zu sein!" Sie lächelte Stolz und zeigte die Rune hoch. Ihre verletzte Rechte hielt sie versteckt hinter ihrem Rücken.
„Wir sollten jetzt schnell zurück ins Hotel fahren", schlug Alexis vor, nachdem alle fröhlich die Rune bestaunt hatten.
„Ja, ich bin nämlich auch wirklich ... mü..." Gazhalias Beine gaben nach, und dann brach sie vor Erschöpfung, Anstrengung, Aufregung und Blutverlust zusammen.

Tag 12

Als sie wieder die Augen öffnete, lag sie umgezogen in ihrem Bett im Hotel. Sie fühlte sich unglaublich erholt und ausgeschlafen. Doch als sie sich aufstützen wollte, wurde sie schmerzhaft an die vergangene Nach erinnert.
Sie warf einen Blick auf ihre rechte Hand und musterte sie. Sie war professionell verbunden worden. So kam es Gazhalia zumindest vor.
„Guten Morgen, hast du gut geschlafen?", begrüßte sie Yrja, die gerade mit einem Frühstückstablett hereinkam und es Gazhalia auf den Schoß stellte.
„Wow, was ein Service! Womit hab ich das denn nur verdient?" Gazhalia lächelte fröhlich.
„Alexis hat deine Hand desinfiziert, genäht und verbunden. Sie musste drei große Schnitte nähen. Die anderen waren klein genug und nicht so tief. Sie werden ohne Narben verheilen. Das hat zumindest Alexis gesagt", berichtete Yrja.
„Meine Güte, ich wusste ja gar nicht, dass Alexis so gut in Medizin ist", staunte Gazhalia und betrachtete ihr üppiges Frühstück.
„Deine rechte Hand war noch gar nicht richtig von dem Einbruch im Museum in New York verheilt und schon findest du eine neue Gelegenheit, dich zu verletzen!", schimpfte Yrja, aber sie lächelte dabei.
„Ja, ja, ich schäme mich auch fürchterlich", behauptete Gazhalia grinsend. „Wo sind die anderen? Wie geht es ihnen? Ist der Hüter von As schon erwacht? Hab ich viel verpasst?"
„Nein, nein. Immer mit der Ruhe. Da wir nicht wissen, ob die Rune für Mary oder Lee bestimmt ist, haben wir ausgemacht, dass jeder der beiden sie einen Tag lang trägt, und wir sehen ja dann, bei wem der Hüter erwacht. Mary wollte die

Rune sowieso nicht und hat Lee freiwillig den Vortritt gelassen. Sie meinte, weil L vor M im Alphabet kommt", erstattete Yrja genausten Bericht.

„Oha, langsam fange ich an, mir ernsthaft Sorgen um Mary zu machen. Sie scheint mit alledem hier nicht wirklich klarzukommen." Gazhalia seufzte und begann dann mit ihrem leckeren Frühstück.

„Na ja, als Lee die Rune in die Hand nahm, hat er sofort eine neue Kraft gespürt", erzählte Yrja weiter. „Insofern bleibt Mary sowieso noch verschont, bis wir Reid haben."

„Also ist Lee der Träger des As?", vergewisserte sich Gazhalia.

„Ja, genau. Aber Hawk, Leifs Bruder, ist noch nicht erwacht."

„Hoffentlich habe ich ihn genauso ins Leben zurückgeholt wie die Rune ..." Gazhalia schaute betrübt. „Was, wenn ich nur die Rune neu geboren habe, aber nicht den Hüter?"

„Ist Gaz wieder wach?", ließ sich Mikes Stimme an der Zimmertür vernehmen, als er eintrat.

„Bin ich!", bestätigte Gazhalia fit. „Und kräftig für neue Taten. Was steht auf dem Programm?"

„Einbruch im Hochsicherheitstrakt des Gefängnisses hier!", behauptete Mike.

„Was?", rief Gazhalia erstaunt.

„War nur ein Witz!", gab Mike zu. „Aber Einbruch stimmte schon ..."

„Ja", mischte sich auch Yrja wieder ein, „denn Mike hat uns erzählt, dass die Verkäuferin in dem Souvenirladen zu dir gesagt hat, dass Reid, die fünfte Rune, im hiesigen Museum aufbewahrt wurde."

„Aber sie sagte auch, dass sie nun nicht mehr dort ist", widersprach Gazhalia. „Sie wurde weggeschlossen. Aber wohin weiß ich nicht."

„Hat das Museum einen Safe?", fragte Mike mehr sich selbst als die beiden Mädchen.
„Wozu? Alle Sachen dort sind wertvoll. Sie können ja nachts nicht alles wegschließen. Dafür haben sie schließlich Alarmanlagen und so …" Dann wechselte Gazhalia das Thema. „Wo sind all die anderen?"
„Alexis und Mary sind im Museum. Nachforschungen anstellen. Sie wollen herausfinden, wo die Rune jetzt ist. Lee ist mit Firun, Leif und Chip im Supermarkt und kauft ein", informierte Yrja sie.
„Ach, was kaufen sie denn ein?", erkundigte sich Gazhalia.
Yrja und Mike schauten sich an und schmunzelten.
„Nun sagt schon!", drängte Gazhalia.
„Sie kaufen in der Spielzeugabteilung Klamotten für die Elfen." Yrja schien die Vorstellung sehr lustig zu finden, denn sie konnte sich das Lachen kaum verkneifen. Auch Gazhalia lachte. „Das ist ja mal was! Und damit verbringen sie unsere wertvolle Zeit in Island!"
„Na ja, ist doch doof, wenn Chip immer ganz in Rot, Leif in Schwarz und Firun in Grün rumflattern", lenkte Mike ein, „passend zu ihren Haar- und Augenfarben."
„Jeder hat eben eine Farbe." Gazhalia zuckte mit den Schultern und beendete ihr Frühstück. „Aber ich kann auch gut verstehen, dass sie auch so tolle, schicke, moderne Kleider tragen wollen wie wir." Sie grinste.
„Hehe. Ich bin mal gespannt, wie die drei nachher aussehen oder was sie sich so ausgesucht haben …" Mike grübelte.
„Ihr solltet euch lieber Gedanken über unsere Erlebnisse machen!", rief Alexis, die gerade hereingeplatzt kam. „Wir haben herausgefunden, dass die Rune immer noch im Museum wie gehabt an ihrem Platz steht. Nur ein Gerücht besagt, dass die Rune vorsichtshalber weggeschafft wurde. Dabei wurden nur mehr Sicherheitsvorkehrungen angebracht."

„Das ist toll, dann können wir ja schon bald wieder einen Einbruch starten", freute sich Mike.
„Du bist ja auf den Geschmack gekommen, Mike", lobte Gazhalia grinsend.
Da kam auch Lee mit den Elfen zurück und – o Wunder – es waren vier.
„Hey, hat sich da ein Elf verdoppelt?" Mike traute seinen Augen nicht. Hawk sah seinem Bruder Leif unglaublich ähnlich. Sie hatten die gleiche Größe, die gleiche Haar- und Augenfarbe und die gleiche Gesichtsform. Nur Hawk trug seine Haare etwas kürzer und nicht so zottelig und struppig wie Leif. Außerdem war seine Kleidung ein dunkles Gelb.
„Das ist Hawk", stellte Lee vor, als ob das die anderen Freunde nicht gewusst hätten. „Er erwachte auf einmal, mitten beim Einkauf."
„Wirklich nett von euch, mich aus dem Jenseits zu holen. Da hat's mir sowieso nicht gefallen", behauptete Hawk.
Dann zogen sich die vier Elfen zurück, um sich die neuen Kleider anzuziehen. In der Ferne hörte man eine Sirene Alarm schlagen.
„Dann lasst uns mal den Einbruch ins Museum planen", schlug Alexis vor.
„Du sagtest, es wären viele neue Sicherheitsvorkehrungen getroffen worden?", vergewisserte sich Mike noch einmal.
„Jap! Aber mit unseren verschiedenen Kräften werden wir das bewältigt kriegen, denke ich. Außerdem wollte ich vorschlagen, dass wir Gazhalia heute raushalten."
„Was, warum?", fragte Gazhalia enttäuscht und verwirrt.
„Weil du dich gestern so angestrengt und verletzt hast. Davor bist du auch schon mal eingebrochen. Jetzt sind wir an der Reihe und du brauchst dich nicht immer für uns in Gefahr bringen", meinte Alexis.
„Aber ich möchte gerne", bettelte Gazhalia.

„Gaz, Mary und ich sind immer gerne irgendwo eingebrochen, stimmt's?" Lee grinste Mary an.
„Ja, stimmt!", bestätigte diese, und ihre Augen funkelten. „Gaz ist Profi darin. Wir sind auf sie angewiesen."
„Wie du willst. War ja auch nur ein Vorschlag."
„Tada!", rief Chip und flog ins Zimmer hinein, dicht gefolgt von einer „Hooray"-schreienden Firun.
Chip trug ein weißes T-Shirt mit einer Jeansjacke darüber und eine lange Jeans. Firun – wie hätten sie es auch anders erwartet – trug ein buntgesprenkeltes T-Shirt mit gelbem Hintergrund, eine in kräftigen Rot- und Blautönen karierte Stoffhose und schwarze lange Stiefel. Dazu ein dunkelgrüner, runder Hut, der farblich gut zu ihren langen, grünen Haaren passte, die sie nun zu zwei seitlich abstehenden Zöpfen gebunden hatte. Total verrückt, wie sie nun mal war.
Hawk und Leif trugen nun das gleiche Outfit. Schwarze, schicke Anzüge und dunkle Sonnenbrillen.
„Wir sind die Men in Black", verkündete Leif grinsend, woraufhin die anderen anfingen laut zu lachen. Die Elfen führten sich auf wie Kinder.
„Nun sollten wir aber noch einmal zum Museum", brachte Alexis die Konzentration wieder auf das Thema. „Ich hab abgecheckt, wo an welchem Eingang Videokameras hängen. Wie die Alarmanlage funktioniert, weiß ich nicht. Das Museum war ja geöffnet, als ich mit Mary dort war."
„Sagt mal ... Ist das da nicht das Museum?" Yrja zeigte aus dem Fenster. „Dahinten, wo jetzt die ganze Polizei steht?"
„Hö?" Alexis stürmte zum Fenster und die anderen folgten ihr.
Schnell machten sie sich auf den Weg aus dem Hotel hinaus und liefen den Zehnminutenmarsch zum Museum. Dieses war nun geschlossen und abgesperrt. Überall standen Reporter und Polizisten. Wofür das ganze Theater?

„Entschuldigen Sie?" Gazhalia zupfte einer Reporterin am Ärmel. „Was ist hier vorgefallen?"
„Diese Rune da, die wurde gestohlen. Am helllichten Tage unter besonders scharfen Sicherheitsvorkehrungen. Keiner weiß, wer es war. Niemand hat etwas gesehen."
Die Auserwähltentruppe verließ den Tatort. In einiger Entfernung setzten sich Yrja, Gazhalia und Lee auf eine Bank. Mary, Mike und Alexis blieben stehen. Die Elfen saßen auf einer nahegelegenen Straßenlampe und diskutierten mal wieder unter sich.
„Da war wohl einer schneller, als wir!", beschwerte sich Alexis.
„Gemeinheit! Konnte der nicht was anderes klauen? Schließlich sind wir nur wegen der Runen überhaupt hierher gekommen!", schimpfte auch Mary, wobei sie sich zum ersten Mal einmischte, wenn es um das Thema Runen ging. „Wir wollten zuerst hier einbrechen!"
„Es geht dir viel mehr ums Einbrechen als um die Runen, was?", scherzte Mike, doch Mary fühlte sich ertappt und lächelte verlegen.
„Ihr wolltet da einbrechen? In das Museum? Wegen der Rune?" Die sechs Freunde fuhren herum. Dort stand ein kleines, schmächtiges Mädchen mit rotschwarz gestreiften Haaren, die rechts kinnlang und links schulterlang geschnitten waren. Sie trug einen langen, braunen Mantel und war etwa einen Kopf kleiner als die anderen.
„Natürlich wollten wir da nicht einbrechen! Wir sind keine Kriminellen." Yrja hatte sich als Erste wieder gefasst und war zu einer Entgegnung geschritten.
„Na dann." Das Mädchen wandte sich ab und ging davon.
„Äh, Moment mal!", hielt Gazhalia sie an.
„Was ist denn noch?" Das kleine Mädchen sah erschöpft, aber auch angriffslustig aus.

„Hast du irgendetwas mit dem Einbruch dort im Museum zu tun?"
„Ich? Wie kommst du denn auf so was? Bist du von der Polizei oder was?" Grimmig tippte das kleine Mädchen Gazhalia an die Stirn. Dann wanderte ihr Zeigefinger herunter und blieb auf Gazhalias Fe-Rune hängen. „Aber das hier solltest du in Zukunft besser verstecken."
Damit drehte sie sich um und ging.
Gazhalia kam zurück zu den anderen. „Wie alt war die? Zehn?" Sie schüttelte den Kopf. „Und läuft dann schon so herum."
„Die war irgendwie merkwürdig", stellte auch Mary fest, „Fast unheimlich."
„Wie ein Gespenst." Alexis schaute noch einmal in die Richtung, in die das Mädchen gegangen war. Aber sie war schon nicht mehr zu sehen.
„Sie hat Fe erkannt", murmelte Gazhalia gedankenverloren.
„Ach, wirklich?" Lee wurde hellhörig.
„Ja, seltsam, nicht?" Gazhalia fiel plötzlich noch etwas anderen auf. „Sie hatte gar keinen Akzent. Sie ist nicht von hier. Sie klang sehr amerikanisch."
„Stimmt", bestätigte Mike, „jetzt, wo du es sagst …"
„Wo kommst du eigentlich her, Alexis?", wechselte Mary das Thema.
„New York. Ich bin doch in der gleichen Maschine geflogen wie Yrja, Gaz und Mike", erklärte diese.
„Das widerspricht aber unserer Theorie, dass alle Auserwählten aus verschiedenen Ländern stammen …", seufzte Gazhalia.
„Gazhalia wurde in Deutschland geboren, Mike in New York, Lee in Korea, Mary in San Fransisco …", fasste Yrja noch einmal zusammen.

„Ach, wenn es um den Geburtsort geht ... Meine Eltern waren gerade in Urlaub, als ich geboren wurde", erzählte Alexis nun.
„Ach ja? Wo denn?" Lee klang interessiert.
„Sie machten mit Freunden einen Trip durch Russland, als ich dann zwei Wochen zu früh auf die Welt kam." Alexis grinste.
„Also Russland ... Dann steht unsere Theorie wieder", bemerkte Gazhalia.
„Und was machen wir jetzt mit diesem komischen kleinen Kind und der verloren gegangenen Rune Reid, die wahrscheinlich Marys ist?", wollte Mike wissen.
„Keine Ahnung", gab Yrja zu. „Warten wir ab, was geschieht. Chip behauptet ja, dass Fe die Auserwählten anzieht. Versuchen wir doch erst einmal den sechsten im Bunde zu finden."
„Ich bin auch für diesen Vorschlag, oder hat jemand eine bessere Idee im Moment?", fragte Lee.
Da keiner etwas sagte, stand es nun fest. Sie beschlossen abzuwarten. Und wie sich bald herausstellen sollte, war das eine wirklich gute Idee.
Am Nachmittag machten sie einen Ausflug zum Þingvellir National Park. An einer langen hohen Felsenkette führte ein Weg entlang, zu dessen anderer Seite man über ein sumpfiges Tal mit vielen Brücken schauen konnte. Das etwa 20 bis 30 Zentimeter über dem Boden entlanggespannte Seil, das dazu diente, Abenteuerlustige daran zu hindern, auf den Felsen herumzuklettern, hielt natürlich weder die Elfen noch die Menschen der kleinen Truppe davon ab, es doch zu tun.
In zehn Metern Höhe machten sie eine Rast und suchten sich alle einen gemütlichen Platz auf den Felsen, von dem aus man das Tal noch viel besser überblicken konnte.
„Hey, das Klettern ist hier verboten", knurrte plötzlich jemand hinter ihnen. Ein Junge etwa in ihrem Alter mit unge-

kämmten, braunen Haaren und leicht schmutzigem T-Shirt und Jeans stand nun dort bei ihnen auf den Felsen.
„Na und? Du kletterst ja auch hier herum", bemerkte Alexis forsch und funkelte den Fremden wütend an.
„Ja, aber ich klettere hier auch schon seit meiner Geburt herum. Für Touristen ist das nichts, kapiert?", stellte der Junge unfreundlich klar.
„Touristen!?" Die anderen bemerkten, dass Alexis mal wieder in Wut geriet.
„Du kannst ja versuchen uns runterzuschubsen. Dann gelten unsere Leichen als abschreckendes Beispiel für alle anderen Touristen, die auch so etwas vorhaben", sagte Yrja kühl, wovon der Junge allerdings schwer beeindruckt zu sein schien. Doch kurz darauf hatte er sich auch schon wieder gefangen.
„Wenn ihr nicht freiwillig verschwinden wollt, hole ich die Aufseher und lasse euch festnehmen", drohte er.
„Mach doch", knurrte Gazhalia.
„Das hier ist mein Gebiet. Los, verschwindet endlich!"
Gazhalia kam plötzlich eine Idee. Sie wusste, dass ihre Kraft in den letzten Tagen gewachsen war. Das hatte sie deutlich gespürt.
„Okay, wie du willst", meinte sie auf einmal, erhob sich und sprang einfach in die Tiefe.
„Wa...?" Der Junge wollte sie noch am Arm fassen, aber er erwischte sie nicht mehr.
Gazhalia hatte ihren Fall schon einmal mit Fes Hilfe abgebremst, als sie aus Mikes Wohnung im zweiten Stockwerk hatte springen müssen. Nun hatte sie mehr Macht als zuvor. Nun konnte sie ihren Fall aus diesen zehn Metern Höhe noch gekonnter abbremsen. Diesmal hatte sie allerdings keine Papiertonne, die ihr eine zusätzliche Hilfe gab. Aber sie überlebte den Sturz unverletzt, auch wenn ihr die Knie wehtaten, als sie sich aufrappelte.

„Wow", staunte der fremde Junge beeindruckt, „wie hat sie das denn nur geschafft?"
„Tja, wir sind eben alle unsterblich", log Mike mit einem fürchterlich gefährlich aussehenden Grinsen, während Gazhalia begann, wieder die Felsen heraufzuklettern.
„Was? Wirklich?" Der Junge schien ihn ernst zu nehmen.
„Nein, aber wir haben so unsere Tricks", gestand Lee.
„Wir sind die Geisterarmee", scherzte Yrja belustigt.
„Ha, ha!", gab der fremde Junge grimmig zurück.
„Uff", machte Gazhalia, als sie wieder bei ihnen angelangt war. Fe leuchtete stark. Schnell steckte sie die Rune wieder unter ihren Pullover, bevor der Fremde etwas sehen konnte. Die Wärme der Rune war sehr angenehm, empfand Gazhalia. Auf einmal stieß Yrja einen Schmerzensschrei aus und hielt sich mit der Hand das Herz, als wolle es ihr einer herausreißen. Alle wandten sich erschrocken nach ihr um. Sie ließ von ihrem Pulli ab und hielt sich mit beiden Händen den Kopf, den sie heftig schüttelte. „Nein, nein, nein!", rief sie aus und schien schreckliche Schmerzen zu haben.
„Was ist?", fragte Lee entsetzt.
Mary war kreidebleich geworden, als hätte sie die Schmerzen und nicht Yrja.
„Hörst du sie wieder?", fragte Mike nun besorgt.
„Sie?" Die Fremde wusste gar nicht, worum es ging.
Yrja sprang auf und rannte über das felsige Plateau stolpernd davon.
„Hey, was machst du denn? Du fällst noch runter!", rief Lee und lief ihr nach.
„Ich dachte, ihr wärt unsterblich?", fragte der Fremde.
„Alle außer Yrja!", sagte Gazhalia kurz und folgte den beiden. Auch Alexis und Mike versuchten jetzt, Yrja einzuholen, doch es fiel ihnen schwer, auf dem zerklüfteten Untergrund nicht das Gleichgewicht zu verlieren.

Mary blieb wie zu Eis erstarrt auf ihrem Platz allein. Sie konnte sich nicht rühren, so erschrocken war sie von Yrjas schmerzvollem Gesichtsausdruck. Sie hatte solche Angst, dass ihr auch so etwas widerfahren könnte. Oder so etwas wie Gazhalia mit der blutigen Hand. Sie liebte Nervenkitzel und Risiko. Aber nicht unter Einsatz ihres Lebens.

Yrja achtete gar nicht darauf, wo sie lang lief, und hängte die anderen rasch ab, da diese versuchten, über die sichersten Stellen am Boden zu gehen. Doch bald trat Yrja an eine brüchige Stelle, brach mit ihrem linken Fuß ein und fiel hin. Erst jetzt merkte sie, dass die Stimmen, vor denen sie davonrannte, verstummt waren. Schweißgebadet versuchte sie ihren Fuß zu befreien, der feststeckte. Mit einem kräftigen Ruck schaffte sie es schließlich. Dabei verlor sie das Gleichgewicht und rutschte ab. Der faustgroße Vorsprung, den sie mit der Rechten noch zu fassen bekam, brach sofort unter ihrem Gewicht weg, und sie glaubte schon, es sei vorbei, als sie gerade noch jemand am Handgelenk zu fassen bekam.

Erleichtert öffnete sie ihre vor Angst zusammengekniffenen Augen und blickte in das Gesicht des fremden, so unfreundlichen Jungen, der sie nun hoch und auf sicheren Untergrund zerrte. Er kannte sich hier aus und war einen kürzeren und dabei noch sichereren Weg hergelaufen.

„Danke, du hast mir das Leben gerettet." Yrja war fix und fertig mit den Nerven. Sie zitterte am ganzen Leib und konnte kaum noch ihre Tränen zurückhalten. Ängstlich warf sie einen Blick in die Tiefe, wo sie nur einen Augenblick später wohl gelandet wäre.

„Ich hab ja gesagt: Das hier ist nichts für Touristen! Aber nein, wer nicht hören will, muss eben fühlen", meckerte der Junge, woraufhin Yrja endgültig anfing zu weinen. Perplex wusste er nicht, was er tun sollte, und sein Kommentar tat ihm schon wieder Leid. Tröstend nahm er sie in den Arm, und so warteten sie, bis die anderen kamen.

In der Zeit hatte Yrja sich kräftig ausgeheult, was ihren Nerven wirklich gut tat, da sie sich bisher immer hatte beherrschen müssen. Nun war ihr Kopf wie gereinigt, als hätten die Tränen all die trüben Gedanken und die widerlichen Stimmen weggespült.

Der Junge stellte sich als Will vor und war eigentlich sehr freundlich. Er hasste es nur, wenn irgendwelche Touristen sich einbildeten, dass alles, was sie sahen, ihnen gehörte.

„Kann ich irgendwie verstehen", gestand Yrja und ließ ihren Blick über das Tal schweifen.

Endlich kamen Lee, Mike und Gazhalia an. Schließlich erreichte auch Alexis mit Mary das kleine Plateau. Alexis war noch einmal zurückgerannt und hatte Mary eingesammelt.

„Habt ihr etwas mit dem Runenklau in den beiden Museen zu tun?", fragte Will geradeaus, als alle versammelt waren.

Yrja schaute ihn erstaunt an. Die anderen blickten ebenfalls fragend.

„Ich hab's genau gesehen. Die da hat die erste Rune des Fuþark-Alphabets um den Hals hängen. Deshalb konnte sie auch da hinunterspringen." Er zeigt auf Gazhalia.

„Wir wünschten, wir hätten etwas mit dem Diebstahl heute zu tun gehabt. Wir hatten nämlich vor, dort einzubrechen", erzählte Alexis einfach so, als wäre es das Üblichste der Welt. „Aber jemand war schneller als wir. Das ist sehr ärgerlich, denn wir brauchen alle sechs Runen. – Weißt du etwas über den Einbruch?"

„Wozu braucht ihr die Runen denn?" Will überging Alexis' Frage einfach.

Gazhalia zeigte ihre Rune vor. Mike, Alexis und Lee folgten ihrem Beispiel. Doch sie erklärten Will nichts, da er ihnen sowieso keinen Glauben schenken würde.

„Also vier habt ihr schon?" Es war mehr eine Feststellung als eine Frage. Dann griff er unter seinen Pullover und brachte ebenfalls eine Rune zum Vorschein. „Das ist Kaun, aber die geb ich nicht her."

„Du hast eine Rune?" Gazhalia war ganz verwirrt.

„Ja, die ist schon seit Generationen in meiner Familie. Deshalb kann ich euch sagen, ihr werdet nie alle sechs kriegen. Denn diese hier behalte ich auf jeden Fall."

„Ob er ein Auserwählter ist?", flüsterte Alexis in Lees Ohr. Doch Will hatte es gehört.

„Auserwählt?"

„Dann würde ja schon einmal feststehen, dass Reid Marys Rune ist", fiel Yrja auf.

„Aber wenn er auserwählt ist und die Rune schon seit Jahren hat, wieso ist sein Hüter noch nicht erwacht?", wandte Mike ein.

„Hüter?", fragte Will.

„Na, das ist doch logisch. Erst wenn Fe erwacht ist, kann Ur erwachen. Wenn Ur erwacht ist, kann Þurs erwachen und so weiter. Folglich kann der Hüter des Kaun erst erwachen, wenn der Hüter des Reid erwacht ist", erklärte Yrja.

„Erwachen?" Will blickte fragend von einem zum anderen.

„Na, wir können ja ganz einfach einen Test mit ihm machen", schlug Gazhalia vor.

„Test?" Wills Blick wandelte sich von fragend und skeptisch zu ängstlich.

„Woran dachtest du denn?", fragte Mike sie.

„Wir zeigen ihm einfach Chip und Co. Wenn er sie sehen kann, ist er ein Auserwählter", klärte Gazhalia ihn auf.

„Stimmt, da hätte ich auch drauf kommen können", gab dieser zurück.

„Chip und Co.?" Wieder eine Frage von Will, die unbeantwortet blieb.

„Langsam geraten die Dinge ins Rollen", bemerkte Yrja.
„Fragt sich nur, ob das gut oder schlecht für uns ist ...", fügte Mike hinzu, während Gazhalia die in ihrem Rucksack schlafenden Elfen weckte.
„Chip, Leif, Firun, Hawk! Wacht auf! Wir haben einen Auserwählten für euch!"
Sofort kamen die kleinen Elfen aus dem Rucksack geflogen.
Wills Blick war erst neugierig auf den Rucksack gerichtet, doch als er die Elfen herausfliegen sah, machte er große Augen. „Wow", staunte er, „Ich hätte niemals gedacht, dass so etwas doch existiert."
„Er ist also einer von uns ..." Gazhalia seufzte erleichtert. „Schön, dann haben wir alle Auserwählten zusammen und alle Runen bis auf Reid."
„Ziemlich guter Schnitt dafür, dass wir vorgestern erst hier angekommen sind", lobte Alexis die Gruppe.
„Ja, da stimme ich zu", nickte Lee.
Daraufhin lud Will sie alle zu sich nach Hause ein. Er wohnte ganz in der Nähe in einem kleinen Haus mit vier Geschwistern, die alle jünger waren als er. Wie sich herausstellte, war Will gerade achtzehn geworden. Seine älteste Schwester war dreizehn, danach kam ein Bruder im Alter von elf, noch ein sechsjähriger und zuletzt noch ein Schwesterchen, das gerade mal zwei Jahre alt war. Im Moment war jedoch niemand zu Hause.
„Ganz schön große Familie", staunte Yrja, als er geendet hatte und sie in seinem Zimmer Platz nahmen.
Nun waren sie an der Reihe zu erzählen. Sie hatten Yrja ausgewählt, ihn über die Grundkenntnisse aufzuklären und seine Fragen zu beantworten. Sie erklärte, wie das mit den Runen war, wer welchen Hüter hatte und all diese Dinge. Als sie geendet hatte, erklärte Gazhalia, was ihnen bisher alles widerfahren war und was sie alles erlebt hatten. Vor nicht mal zwei

Wochen hatte sie noch die ganze Zauberei für Müll und Unfug erklärt.

Will fühlte sich ziemlich schnell in die Ereignisse ein und fand den Gedanken, dass Magie existiere, auch kaum erschreckend. Er gestand, er habe schon immer ein bisschen an Schicksal und Glück geglaubt und insgeheim gehofft, dass es Übernatürliches geben würde.

„Ich schätze mal, wenn wir endlich vollständig sind, geht's erst richtig ab!", spottete Alexis, woraufhin Mary wieder ein ängstliches Gesicht machte.

„Wir sind ja schon vollständig! Zumindest die Auserwählten. Nur zwei Elfen und eine Rune fehlen noch ...", korrigierte Mike sie.

„Ja, ja, Besserwisser", knurrte sie bissig zurück.

„Hooray!", rang Firun um Aufmerksamkeit. „Ruht euch nicht darauf aus! Ihr wisst, dass ihr am kommenden Montag aus dem Hotel auschecken müsst!"

„Danke für die Erinnerung. Heute ist ja erst Freitag, also haben wir ja noch Zeit", beschwichtigte Gazhalia sie.

„Zwei Tage sind um und zwei Tage habt ihr noch vor euch. Das ist viel zu wenig Zeit", erinnerte Chip sie.

„Heute ist Freitag, stimmt's?", mischte sich Yrja noch einmal ein.

„Ja, wieso?", wollte Mike wissen.

„Das heutige Datum ist der Dreizehnte ...", bemerkte sie.

„Freitag der Dreizehnte", sprach Gazhalia den allseits bekannten Satz aus.

„Gruselig", hauchte Alexis.

„Wieso? Das ist doch ein Glückstag!", behauptete Yrja. „Und welch ein Glück, dass wir heute Will getroffen haben."

„Die Mehrzahl der Leute sieht diesen Tag aber als Unglückstag an", widersprach Mike.

„Na ja, ist nun auch egal", beendete Mary das Thema. „Wir sollten uns langsam auf den Heimweg begeben. Das Hotel liegt nicht gerade um die Ecke."
„Wo denn? In Reykjavík?", wollte Will wissen.
„Jap, genau", bestätige Alexis.
Sie gaben ihm Namen und Adresse des Hotels und er versprach, sie am folgenden Tag besuchen zu kommen. Damit verabschiedeten sie sich, riefen sich mal wieder ein Taxi und fuhren zurück.
Alexis stieg eine Straße früher aus dem Taxi aus, um in ihr Hotel zu gehen, und verabschiedete sich bei den Freunden, nachdem sie tausend Mal versprechen musste, sie nicht wieder um sechs Uhr morgens zu wecken.
Nach diesem ereignisreichen und anstrengenden Tag nahmen sie sich nach dem Abendessen nichts mehr vor außer Fernsehen und Relaxen. Eigentlich waren sie erleichtert, dass sie nun nicht mehr in das Museum einbrechen mussten, um Reid zu stehlen.
Yrja, Mike, Lee, Mary und Gazhalia kuschelten sich zu fünft auf Yrjas Bett, das dem Fernseher genau gegenüberstand. Doch viel bekamen sie von dem Film sowieso nicht mehr mit, da sie alle bald eingeschlafen waren.

Tag 13

„Schaut euch die fünf nur an!", schimpfte Chip am Morgen, als sie die fünf Freunde allesamt quer durcheinander auf Yrjas Bett schlafen sah. Yrja selbst hing kopfüber aus dem Bett heraus und schnarchte leise. Dass sie nicht komplett herausrutschte und auf den Boden fiel, verhinderte Gazhalia, die quer über ihrer Freundin lag und auf deren Rücken wiederum Lees Kopf ruhte. An ihn gelehnt schlief Mary. Mike lehnte in kleiner Entfernung zu dem Menschenknäuel mit dem Rücken gegen die Wand.
„Und so was nennt sich auserwählt! Tse!", fuhr Chip fort und fuchtelte wild mit den Armen in der Luft herum.
„Reg dich ab, lass sie doch schlafen. Immerhin haben sie gestern den letzten Auserwählten gefunden", beschwichtigte Firun sie.
„Na und?" Chip ließ sich nicht beeindrucken. „Eine Rune fehlt noch! Die müssen sie so schnell wie möglich ausfindig machen! Sonst sehen wir alt aus! – Nein, dann sehen wir tot aus!"
„Zwei Tage sind erst vergangen. Sie haben noch genug Zeit, die Rune zu finden." Firun wiegte nachdenklich ihren Kopf hin und her. In ihrem clownähnlichen Outfit konnte man sie kaum ernst nehmen.
„Sie müssen ja, wenn die Rune gefunden ist, auch noch ihre Mission erfüllen. Das schaffen sie doch nie in der kurzen Zeit", wandte Chip wieder ein.
„Nein, müssen sie nicht", widersprach Firun. „Es müssen nur bis Montag alle Elfen erwacht sein. Wenn sie alle Runen und alle Hüter versammelt haben, werden sie sowieso nie wieder nach Hause zurückkehren. Das ist dir doch wohl klar, Chip?

Sie müssen es nur schaffen, innerhalb dieser zwei Tage die letzte Rune zu finden. Dann ist es so weit ..."
„Hm..." Chip schauderte und blickte nun mit mitleidigem, fast zärtlichem Blick auf die fünf Schlafenden. Yrja öffnete gerade ein Auge und schaute sie gähnend an.
In dem Moment klopfte es an der Tür. Yrja stützte sich mit den Händen am Boden ab, um hochzukommen. Doch als sie dann aufrecht im Bett saß, kam sie nicht los, da Gazhalia über ihr lag und auf der Lee. Vorsichtig befreite Yrja ihre Beine, während das Klopfen energischer wurde. Endlich war sie frei und stolperte zur Tür.
„Ha-hallo?", fragte sie, noch während sie die Tür öffnete.
„Hallo! Wie geht's?", rief Will ihr fröhlich entgegen.
„Ah, hallo, Will", freute sie sich. Dann fiel ihr das kleine Mädchen in seinem Arm auf, das sie ängstlich anblickte. „Wer ist das?"
„Meine kleine Schwester. Die Zweijährige. Mein Vater ist heute bei einer ehrenamtlichen Arbeit und meine Mutter bringt meine beiden Brüder zu Freunden. Ich muss also auf Kestrel und Raven aufpassen."
„Kestrel und Raven?", fragte Yrja und ließ Will an sich vorbei in die Wohnung eintreten.
„Jap, Kestrel ist das hier." Er setzte die Kleine auf dem Boden ab und ließ sie herumkrabbeln. „Raven ..." Er seufzte kurz. „Raven ist mir mal wieder entwischt."
„Entwischt?"
„Abgehauen, wie immer." Dann fiel sein Blick auf die vier noch Schlafenden und er musste lachen. „Ich wusste nicht, dass ihr noch schlaft."
„Äh, das sieht nicht jede Nacht so aus!", verteidigte sich Yrja schnell.
„Was ist los?" Lee erwachte. „Oh, wer von uns hat heimlich ein Kind gekriegt?" Sein Blick heftete sich auf Kestrel.

„Das ist Wills Schwester, Kestrel", stellte Yrja klar.
„Oh, Will ist schon da?" Lee blickte sich verschlafen um und lehnte dann die bisher sich auf ihn stützende Mary an Mike, damit er aufstehen konnte.
„Weckt mal lieber auch die anderen auf!", drängte Chip, „wir haben nicht viel Zeit; das wisst ihr!"
„Nun lass ihnen doch ihren Schlaf." Hawk legte der Elfenfreundin beruhigend die Hand auf die Schulter. „Schließlich bringen uns müde, unausgeschlafene Auserwählte erst recht nichts!"
„Warum ist Firun hier?", bemerkte Lee als Erster.
„Warum sollte ich nicht hier sein?", gab der Clown zurück.
„Na ja, ich dachte, du wärst bei deiner Rune, Purs, und die ist nun mal bei Alexis", legte Lee seine Gedanken dar.
„Tja, ich bin aber lieber bei Hawk, Leif und Chip. Alexis kommt ja sicher jeden Moment. Wir haben ja schon halb acht." Firun zeigte auf die Uhr.
„Halb acht erst?" Gazhalia hatte gerade den Kopf gehoben und ließ ihn nun wieder erschöpft ins Bett zurückfallen.
„Na, los, Gaz, steh auf!", drängte Chip und zerrte vergeblich an Gazhalias Haaren.
„Lasst uns frühstücken gehen", schlug Yrja vor, „Die drei lassen wir einfach noch schlafen."
Lee pflückte Kestrel vom Boden und die vier Menschen begaben sich mit den vier Elfen zum Aufzug.
Im Frühstückssaal unterhielten sich Will und Yrja fröhlich, während Lee mit Kestrel spielte. Chip regte sich wahnsinnig darüber auf, dass niemand über ihre Situation nachdachte oder darüber, wie sie Reid finden könnten. Firun und Hawk versuchten vergeblich sie zu beruhigen – nur Leif machte sich die ganze Zeit über die Elfenfreundin und ihre Panik lustig, was diese nur noch mehr in Rage brachte.

Schon bald gesellte sich Alexis zu ihnen an den Tisch. Yrja und Will verstummten, Lee schaute auf.

„Guten Morgen!", grüßte Alexis fröhlich. „Ratet mal, wer mir eben über den Weg gelaufen ist!"

„Wer denn?", fragte Yrja direkt, ohne Alexis Aufforderung zu folgen.

„Diese komische Kleine von gestern, die gefragt hat, ob wir die Rune im Museum stehlen wollten", erzählte Alexis, während sie sich setzte.

„Ach, wirklich?" Nun war auch Lee interessiert. „Und hast du sie angesprochen?"

„Nein, sie hat mich angesprochen!", fuhr Alexis fort, „Sie meinte so was Ähnliches wie: Ich kenn dich. Ich kenn euch alle. Und ich weiß alles über euch. – Langsam glaube ich, sie hat Reid geklaut."

„Welches Mädchen?", wollte Will nun wissen.

„Wieso sollte sie Reid geklaut haben?", überging Yrja seine Frage.

„Wir haben gestern nach dem Einbruch in dem Museum ein merkwürdiges Mädchen getroffen", erklärte Lee Will kurz die Sachlage.

„Meint ihr, sie gehört zu unseren Gegnern?", mutmaßte Alexis. „Woher sonst sollte sie so viel wissen? Sie hat ja auch Gazhalias Fe entdeckt und erkannt."

„Vielleicht hat sie wirklich Reid … Vielleicht wollen unsere Gegner – wer auch immer sie sind – verhindern, dass wir die Runen alle zusammenkriegen", vermutete Yrja. „Wäre logisch. Denn ohne die Runen haben wir sowieso keine Chance. Mit ihnen jedoch stellen wir eine Gefahr da – fragt sich nur, für wen …"

„Haben", forderte Kestrel auf und streckte ihre Hände über den Tisch nach Alexis V-Ausschnitt aus, in dem gut sichtbar die Rune hing.

„Sie hat wohl auch etwas von deinen Fähigkeiten abgekriegt", schmunzelte Lee Will an. „Für Runen scheint sie zumindest Interesse zu haben. Meine wollte sie auch schon."
„Ja, das liegt in der Familie", begann Will. „Meine Brüder haben eigentlich nichts mit dem Zauberkram am Hut. Aber meine andere Schwester, Raven, sie behauptet immer, sie könne Gedanken lesen. Das habe ich ihr nie geglaubt ... Nie, bis ihr gestern aufgetaucht seid. Na ja, ich hatte keine Gelegenheit, mit ihr darüber zu sprechen. Die Polizei hat sie gestern erst spät nach Hause gebracht."
„Die Polizei?", wiederholte Yrja erstaunt.
„Ja, Raven haut immer ab ... Sie ist so gut wie stumm. Spricht nur, wenn's unbedingt sein muss. Immer will sie alleine sein, und deshalb treibt sie sich immer irgendwo herum, wo sie keiner findet. Abends kommt sie meistens wieder. Doch in letzter Zeit wurde sie schon drei Mal von der Polizei nach Hause gebracht, weil sie einfach nicht wiederkam. Ich persönlich hatte nie viel für sie übrig, sie grenzt sich so aus. Ich hab nicht viel mit ihr am Hut, obwohl sie meine Schwester ist. Ich seh sie ja kaum."
„Oha, das klingt ja wirklich heftig", bemerkte Gazhalia. Alle Köpfe fuhren herum. Gazhalia, Mike und Mary waren aufgewacht und heruntergekommen, um mit ihnen zu frühstücken. Alexis erzählte ihnen von ihrem Treffen mit der komischen Fremden.
„Und sonst hat sie nichts gesagt?", fragte Mike.
„Nein, nichts. Sie ging einfach weg."
Da grabschte Kestrel an Mikes Hals und zog an der Ur-Rune.
„Haben!"
„Hey, willst du mich erwürgen?", spottete Mike und löste die kleine Hand von seiner Kette.
„Würgen?", wiederholte Kestrel.

„Bring ihr lieber ein paar nützliche Worte bei", grinste Lee, und Will nickte zustimmend.
„Wieso? Würgen ist doch sehr nützlich. Also, wir werden es sicher noch oft tun, wenn wir erst einmal unsere Mission kennen." Mike warf den Elfen einen Blick zu. „Das wird ein Hängen und Würgen."
„Will." Kestrel zeigte auf Will. „Würgen." Ihr Zeigefinger wanderte zu Mike. Die anderen lachten laut los.
„Nein, ich heiße Mike", korrigierte er die Kleine schnell.
„Maik?"
„Mike!"
„Maimai…", begann Kestrel zu singen.
„Ich unterbreche ja nur ungern …", beendete Chip mit strenger Stimme die Spielereien, „aber wir haben noch etwas Wichtiges vor uns."
„Ja, aber wir haben keinerlei Anhaltspunkte für den Verbleib der Rune", konterte Gazhalia. „Wir wissen gar nicht, wo wir suchen oder was wir machen sollen …"
Während sich die Auserwählten nun berieten, wo und wie sie nach Reid suchen konnten, kletterte Kestrel von Lees Schoß und stolperte in holprigen Schritten zum Buffet, um sich Käse zu klauen. Als sie glücklich lächelnd über ihren Erfolg zurückkam, diskutierten mittlerweile die Freunde am Tisch aufgebracht mit den Elfen.
Kestrel zupfte an Mikes Jacke, worauf dieser seinen Blick vom Gespräch abwandte und zu ihr hinunterblickte.
„Maimai", sagte Kestrel, „Arm." Sie streckte die Arme aus und erwartete nun, auf den Arm genommen zu werden, was Mike auch brav tat, um dann schnell mit den anderen weiter zu streiten.
Das Ergebnis war: nichts. Sie waren am Ende genauso schlau wie vorher. Sie wussten nicht, was sie unternehmen sollten, um Reid zu finden, genauso wenig hatten sie aus den Elfen

herausbekommen können, was ihre Mission war und wer ihre Gegner waren.
„Lasst uns einfach heute blau machen!", entschied Gazhalia schließlich.
„Blau machen?", wiederholte Chip extrem gereizt.
„Blau, blau, blau", mischte Kestrel mit.
„Ja, genau. Wir nehmen uns frei!" Gazhalia stand auf.
„Das könnt ihr nicht! Ihr habt doch gar keine Zeit mehr!", rief Chip aus.
„Wer sagt, dass wir das nicht können? Ich dachte immer, Gaz wäre hier die Anführerin?", bemerkte Alexis herausfordernd.
„Gaz, Gaz", sang Kestrel und klatschte fröhlich.
„Ist das hier ein Aufstand oder was?", keifte Chip.
„Sieht so aus." Firun zuckte mit den Schultern. „Ich stelle mich nicht gegen Alexis. Ich mach mit. Einen Tag frei kann keinem schaden!"
„Sehe ich auch so", bemerkte Hawk und flog zu Lee. Nun standen Leif und Chip allein gegen alle anderen, also gaben sie auf. Widerstrebend flogen auch sie zu ihren Runenträgern und ließen sich auf deren Schultern nieder.
„Haben sie sich geschlagen gegeben?", wollte Yrja wissen, da sie von der Diskussion nur die Hälfte mitbekommen hatte.
„Ja, haben sie. Und wir haben heute frei." Will lächelte ihr aufmunternd zu. „Lasst uns nach Þingvellir fahren. Ich kann euch dort das Gelände zeigen und dann könnt ihr bei mir zu Mittag essen. Vielleicht finde ich Raven dann auch wieder."
„Rave, Rave, Rave", rief Kestrel fröhlich, „Rave böse."
„Ja, Rave war böse … mal wieder." Seufzend stand Will auf. Auch die anderen erhoben sich.
„Rave böse. Will lieb. Maimai lieb. Gaz lieb. Li-lieb."
Was sich anhörte wie ein Stottern, war Kestrels Version von Lees Namen. Während der Fahrt nach Þingvellir zählte Kestrel immer wieder alle Namen auf, die sie heute gelernt hatte.

Die anderen versuchten ihr, die richtigen Formen ihrer Namen beizubringen – jedoch vergeblich. Kestrel hatte ihre eigene Version und die wurde nicht geändert. So hieß Alexis fortan Lexi, Mary wurde Mä getauft und Yrja musste sich mit Irre abfinden, was die anderen besonders belustigend fanden.
„Schipp auch lieb?", fragte Kestrel, als sie gerade alle aus dem Taxi gestiegen waren. Mike hätte sie vor Schreck fast fallen lassen.
„Hat sie gerade Chip gesagt?" Gazhalia schaute erstaunt auf das kleine Mädchen, das mit dem Finger nun auf die kleine Gruppe der vier Elfen zeigte.
„Sie kann sie sehen?", wollte sich Yrja vergewissern. Die anderen nickten stumm und verwirrt.
„Wie kann das nur sein?", fragte Lee mehr sich selbst als die anderen. „Nur die Auserwählten können sie sehen. Aber wir sind schon sechs. Und nun ... sieben?"
„Kess kann keine Auserwählte sein", wehrte Will ab. „Sie ist erst zwei Jahre alt. Wahrscheinlich kann sie die Elfen nur sehen, weil sie meine Schwester ist."
„Aber das könnte bedeuten, dass noch mehr als nur die Auserwählten die Elfen sehen können", spann Gazhalia den Gedanken weiter. „Und das könnte bedeuten, dass auch unsere Feinde sie sehen können. Vielleicht wissen sie schon, wer wir sind und wo wir sind. Vielleicht beobachten sie uns schon die ganze Zeit?"
„Vielleicht sagte das komische, fremde Mädchen deshalb, dass sie alles über uns weiß?", vermutete Alexis. „Vielleicht kann sie die Elfen auch sehen."
„Wenn sie die Elfen auch sehen kann und wenn sie zusätzlich auch diejenige ist, die Reid gestohlen hat, kann es genauso gut sein, dass sie die letzte Auserwählte ist und nicht ... Mary." Mike schaute zu Mary herüber, die plötzlich ganz erleichtert aussah.

„Nein, das glaube ich nicht", verwarf Yrja den Gedanken. „Sie kommt ja auch aus Island. Und Will auch. Das widerspräche unserer Theorie."
„Woher willst du wissen, ob sie aus Island kommt?", mischte sich nun Will wieder ein.
„Oje, das wird ja immer aufregender!", ereiferte sich Firun und flog nervös um Alexis' Kopf herum, bis diese sie an den Flügeln festhielt. „Au!"
Da sie mit dieser neuen Erkenntnis nun noch nichts anfangen konnten, machten sie sich auf den Weg und Will zeigte ihnen einige schöne Orte im Þingvellir National Park. Am frühen Nachmittag beschlossen sie, an die Stelle zu klettern, an der sie sich kennen gelernt hatten. So bestiegen sie die felsige Klippenwand. Alle waren sie gute Kletterer, was sicher auch kein Zufall war, doch Will war noch geübter und behänder und hatte schnell einen großen Vorsprung. Er kam als Erster oben an.
„Raven, da bist du ja. War eigentlich klar, dass ich dich hier finde …", hörten die anderen ihn oben sprechen. Danach jedoch hörten sie nichts mehr, und als sie endlich oben angekommen waren, war er alleine dort.
„Hattest du eben nicht mit deiner Schwester gesprochen?", wollte Mike wissen, der sich als Letzter über die Klippe zog – mit Kestrel auf dem Rücken.
„Ja, sie ist dann direkt gegangen", berichtete Will gleichgültig.
„Warum hast du sie nicht aufgehalten?", wollte Yrja wissen.
„Oh, das sollte man lieber lassen. Sobald man sie berührt, fängt sie an, wie am Spieß zu schreien", erzählte Will mit einem leichten Schmunzeln auf den Lippen.
„Oha, das klingt ja nach einer sehr netten Schwester. Sagt nie was, aber schreien kann sie!" Yrja lachte. „Ist das in der Schule kein Problem für sie?"

„Na ja, oft beschweren sich Lehrer über sie, weil sie nicht reagiert, wenn sie drangenommen wird. Sie meldet sich auch nie freiwillig. Aber in den schriftlichen Arbeiten schreibt sie immer nur Einsen."

„Wow", staunten die anderen und hoben respektvoll die Augenbrauen.

„Einsen, Einsen", kicherte Kestrel, „Rave Einsen. Rave gut. Will schlecht."

„Ähm, meine schulischen Leistungen spielen hier überhaupt keine Rolle", sagte Will schnell, bevor einer etwas Näheres wissen wollte.

Erst am Abend kehrten sie ins Tal zurück und gingen dann zu Will nach Hause. Alle hatten großen Hunger, da sie nichts zu Mittag gegessen hatten.

Als Will die Haustür öffnete, war alles dunkel. Niemand schien da zu sein. Will schaltete das Licht ein, als sie die Küche betraten. Dort saß zur allgemeinen Überraschung ein Mädchen am Tisch.

„Ach, Raven, schon zu Abend gegessen?" Will schien im Vergleich zu den anderen überhaupt nicht überrascht zu sein, dass dieses Mädchen allein im Dunkeln hockte und nur vor sich hinstarrte.

Doch die Freunde schienen noch über etwas anderes erschrocken. Als Raven aufblickte, sah sie ebenfalls erstaunt und verwirrt aus.

„Was hast du denn mit diesen Leuten zu schaffen?" Fragend schaute sie ihren Bruder an, der sich gerade am Kühlschrank bediente. Er wiederum schaute seine Schwester erstaunt an. Erstaunt darüber, dass sie ‚so gesprächig' war.

„Was hast du mit ihnen zu schaffen?", wiederholte Raven. „Was hast du mit ihnen zu tun? Sie sind gefährlich. Was hast du mit ihnen zu tun?"

„Hat die 'nen Sprung in der Platte oder bilde ich mir nur ein, dass sie sich immer wiederholt?", flüsterte Mike zu Gazhalia, worauf diese kicherte, obwohl sie immer noch erschrocken war über die Erkenntnis, dass Raven das Mädchen war, das sie vom Tag des Einbruchs in das Museum kannten.
„Woher kennst du sie denn?", stellte Will seiner Schwester eine Gegenfrage. Dann wandte er sich an seine neuen Freunde. „Woher kenn ihr sie denn?"
„Sie ist diejenige, die Reid aus dem Museum gestohlen hat", behauptete Alexis.
„Was? Du willst doch nicht meine Schwester beschuldigen!?" Will wandte sich wieder um und schaute Raven an. „Du warst das doch nicht etwa, oder?"
Raven sagte nichts. Reaktionslos, wie Will sie beschrieben hatte. Sie starrte wieder stumm vor sich hin, als sei sie in einer anderen Welt, und spielte mit einem Stein in ihrer Hand.
„Raven!", rief Will.
„Rave böse. Will lieb" flötete Kestrel wieder. Mike setzte sie auf den Boden und die Kleine krabbelte zu ihrem Bruder hinüber.
„Rave ist nicht böse", sagte Raven auf einmal tonlos ohne jede Emotion.
Gazhalia trat einen Schritt vor und sah Raven an. Diese regte sich nicht, doch als Gazhalia weiter auf sie zuging, hob sie ihren Blick. Gazhalia hatte es bisher als Einzige bemerkt. Sie hatte bemerkt, was Raven in ihrer Hand hielt. „Du hast doch irgendetwas gespürt, als du sie zum ersten Mal in die Hand genommen hast, oder?"
„Ja."
Die anderen setzten nun verwirrte Blicke auf – bis sie bemerkten, dass Raven gar keinen Stein in der Hand hielt. Es

war Reid. Reid, die letzte Rune. Reid, von der sie geglaubt hatten, sie sei für Mary bestimmt.
Gazhalia wandte sich um. „Raven ist die Letzte. Raven ist die Trägerin des Reid, nicht Mary. Wir haben uns die ganze Zeit geirrt."
„Du willst doch nicht etwa sagen, dass meine Schwester ...?" Will beendete den Satz nicht.
„Woher wusstest du, dass du es bist?", wollte Gazhalia stattdessen von Raven wissen.
„Ich wusste es nicht."
„Wieso hast du dann die Rune gestohlen?"
„Mir war danach."
„Stiehlst du öfters Sachen?"
„Nein."
„Wieso bist du dann dort eingebrochen? Ins Museum?" Gazhalia wurde langsam genervt. Ständig musste sie fragen. Raven gab nie eine ausführliche Antwort und ließ sich um alles bitten.
„Ich bin nicht eingebrochen."
„Umpf!" Gazhalia ließ sich auf einen Stuhl am Küchentisch fallen. „Will nicht einer von euch weitermachen?"
„Gaz müde?", fragte Kestrel und krabbelte zu ihr. „Arm."
Gazhalia nahm sie auf den Arm, wie die Kleine es verlangte.
„Wie bist du dann an die Rune herangekommen?", übernahm Will selbst das Ausfragen seiner Schwester.
„Gedanken."
„Wie bitte?", mischte sich nun Lee ein.
Raven sah ihn an. Dann lächelte sie. „Ich kann alle eure Gedanken lesen. Ich kenne alle eure Gefühle. Ich weiß alles über euch."
„Das mag ja schön und gut sein", begann Mike, „aber wie bist du dann an die Rune herangekommen."
„Die Rune ist an mich herangekommen."

„Hä? Ich blick langsam gar nichts mehr!" Verzweifelt ließ sich auch Lee am Tisch nieder und stützte den Kopf in die Hände.
„Du heißt Lee, nicht wahr?" Zum ersten Mal sagte Raven etwas von sich aus.
„Ja. Erklärst du mir jetzt etwas genauer, wie du das alles hier meinst? Das wäre uns eine große Hilfe", bat er.
„Lee also. Du magst Kess, nicht wahr? Du magst Kinder. Du vermisst deine kleine Schwester zu Hause. Aber weißt du auch, dass du sie nie wieder sehen wirst?"
Lee schaute Raven fragend an. Dieses kleine Mädchen, gerade mal dreizehn Jahre alt, saß dort nun zwischen den ganzen Älteren und sprach wie eine weise alte Frau. Die Freunde ahnten: Raven wusste mehr als sie alle zusammen. Sie kannte ihre Gedanken.
„Mary. Sie hat nur Angst vor alldem hier. Sie möchte nach Hause und wünscht sich, dass alles so schnell wie möglich vorbei ist. Trotzdem ist sie mutig genug, überhaupt mitzumachen, denn sie möchte jemanden beeindrucken", fuhr Raven fort. „Jetzt ist sie erleichtert, dass sie keine Auserwählte ist. Aber was ist sie dann?"
Nachdenkliche Blicke fielen auf Mary, die sich nun wirklich unbehaglich in ihrer Haut fühlte. Doch glücklicherweise sprach Raven schon weiter.
„Yrja. Sie ist engagiert und froh über jede Minute, die sie bei euch ist. Jedoch ist sie sehr unglücklich darüber, nicht auserwählt zu sein, obwohl sie die Bürde kennt, welche die Auserwählten zu tragen haben. Sie ist ebenfalls sehr traurig darüber, die Elfen nicht sehen zu können. Rund um die Uhr erträgt sie schreckliche Schmerzen, die sie sich nicht anmerken lässt. Nur wenn sie drohen, über sie Macht zu ergreifen, muss Yrja sich wehren. Sie ist nach Mary das schwächste Glied in

der Gruppe und wünscht sich sehnlichst mehr Macht, um die Freunde zu unterstützen."
Beschämt sah Yrja zu Boden. Gazhalia war geschockt. Warum hatte Yrja nie gesagt, was sie für Schmerzen hatte? Dass sie nun Raven getroffen hatten, die alle Gedanken lesen konnte, war vielleicht doch nicht so schlecht gewesen, wie sie gedacht hatten. Raven erzählte die Gedanken eines jeden – aber nur diejenigen, welche die Gruppe auch etwas angingen und wichtig waren. Sie schuf eine Möglichkeit, wie sich die anderen besser verstehen und einander helfen konnten.
„Gazhalia. Denkt unentwegt über ihre Mission und ihre eigene Rolle als Anführerin nach. Sie zweifelt an sich selbst und ist nicht sicher, ob sie die Richtige für diesen Job ist. Dabei macht sie keine Fehler. Ihre Hüterin stellt nur sehr hohe Anforderungen."
„Also, wenn ich mal was sagen darf", meldete sich Alexis.
„Alexis", sagte Raven und sah sie an. Diese wusste, dass sie schweigen musste. Also fuhr Raven fort. „Sie wirkt nach außen selbstbewusst und verrückt. Doch sie denkt über all ihre Handlungen genau nach und sorgt sich sehr um das Wohl ihrer Freunde. Doch sie trägt auch ein Geheimnis mit sich, was sie euch sicher bald selbst erzählen wird."
„Du verheimlichst uns etwas?" Mike schaute sie fragend an. „Du enttäuschst mich."
„Nein, so ist das nicht", begann Alexis, sich zu rechtfertigen.
„Mike. Er denkt viel zu viel an ein bestimmtes Mädchen und viel zu wenig an seine eigentliche Aufgabe." Ravens Blick wanderte zu ihrem Bruder. „Deine Gedanken hatten für mich immer schon ein doppeltes Siegel."
„Das ist auch gut so", grinste Will. „Meine Gedanken sollte auch keiner wissen."
„Es ist schon verdammt spät", bemerkte Gazhalia. „Wir sollten uns schnell auf den Heimweg begeben."

„Schlaft doch hier", schlug Will vor. „Meine Familie ist ausgeflogen."
Also beschlossen sie, allesamt bei Will und Raven zu übernachten. Fröhlich plauderten sie den ganzen Abend lang bis spät in die Nacht. Nur Raven war wieder in ihr Schweigen verfallen.

Tag 14

Ein erschrockener Schrei ließ Lee und Alexis unsanft erwachen. Sie beide hatten bei Raven im Zimmer übernachtet. Raven selbst saß auf ihrem Bett und rieb sich die schmerzende Hand. „Die Rune hat zu glühen angefangen!"
Interessiert richteten Alexis und Lee sich auf. Sie wussten, was nun kommen würde. Aus der vor Raven im Bett liegenden Rune stieg ein weißes Licht herauf, dass auf Ravens Augenhöhe anhielt und langsam die Form einer Elfe annahm. Sie hatte lange, weiße Haare, die sie aber überhaupt nicht alt wirken ließen. Sie trug sie offen und leicht gelockt. Dazu schmückte sie ein langes, weißes Kleid ohne Ärmel. Jedoch trug sie einzelne Ärmel ab dem Ellebogen, die so lang waren, dass sie die Hände der Elfe verdeckten.
„Du wirkst ein bisschen wie ein Engel", rutschte es Raven heraus.
„Sei gegrüßt, Runenträgerin. Mein Name ist Jara, und wie ist der deine?", wollte die Elfe wissen.
Lee und Alexis staunten ebenso wie Raven über die hoheitliche Ausdrucksweise der Elfe.
„Ich bin Raven", stellte sie sich vor. „Aber sag mal, seid ihr sicher, dass das die richtige Elfe für mich ist? Sie ist so ... erwachsen."
„Aber das bist du doch auch", bemerkte Alexis grinsend. „Du bist zwar erst dreizehn, aber du redest wie eine Neunzigjährige!"
„Danke", knurrte Raven zurück.
„Wir sollten die anderen wecken und ihnen Bescheid sagen", schlug Lee vor. „Nun kann es sein, dass auch der Hüter von Kaun bald erwacht."
Die anderen beiden stimmten zu und so standen sie auf, zogen sich um und gingen dann zuerst an Wills Zimmertür

klopfen. Bei ihm hatten Mike, Gazhalia und Yrja übernachtet. Mary hatte bei der kleinen Kestrel geschlafen.
Nachdem alle geweckt waren, trafen sie nach und nach in der Küche zusammen. Lee hatte Kaffee gekocht und Raven den Tisch gedeckt. Alexis versuchte sich gerade an Pfannkuchen, als Gazhalia und Mike die Küche betraten.
„Guten Morgen!", grüßte Lee die beiden. „Wollt ihr Kaffee? Setzt euch doch."
Er schüttete Mike und Gazhalia Kaffee ein, während die zwei sich setzten. Dann füllte er noch alle anderen Tassen.
„Was bist du denn so gut gelaunt heute, Lee?", wollte Gazhalia wissen.
„Darf man nicht guter Laune sein?", gab dieser zurück.
Da betrat Mary mit Kestrel auf dem Arm die Küche.
„Da ist ja die kleine Kess", freute sich Lee und nahm das Mädchen aus Marys Armen.
„Lee sollte Kindergärtner werden, so besessen wie er von Kestrel ist", flüsterte Gazhalia in Mikes Ohr.
„Stimmt", mischte sich Raven ein, die den Kommentar gehört hatte.
„Du bekommst auch alles mit, nicht wahr?", grinste Mike.
„Wer will Pfannkuchen?", rief Alexis und stellte einen Teller mit ihren gestapelten Kunstwerken mitten auf den Tisch. Sofort bedienten sich Gazhalia, Mike und Raven.
Lee setzte Kestrel in ihren Kinderstuhl und nahm dann selbst Platz. „Sagt mal, wo bleiben denn Will und Yrja?"
„Ich würde ja gerne wissen, was die zwei da so alleine machen", bemerkte Alexis frech.
„Das hab ich gehört!", rief Yrja ihr zu, die gerade die Küche betrat. Will folgte ihr.
„Essen, essen", rief Kestrel und streckte ihre Arme nach dem Pfannkuchenstapel aus.
„Kess hat Recht", meinte Lee, „wir sollten endlich anfangen."

Während die Auserwählten und Mary und Yrja frühstückten, berieten sich die Elfen in einer stillen Ecke der Küche und klärten Jara über die verpassten Geschehnisse auf.

„So, so, nach allem, was ihr mir berichtet habt, scheint mir diese Mary sehr verdächtig", schloss Jara schließlich. „Wir sollten ein Auge auf sie haben. Wir wissen nicht, was sie schon alles über uns herausgefunden haben und wann sie angreifen werden. Ein Wunder, dass sie uns bisher in Ruhe gelassen haben. Das macht mich noch misstrauischer. Sie haben uns bisher noch nichts getan, nicht mal ansatzweise. Das muss bedeuten, dass sie einen der Ihrigen unter uns haben. Das muss der Fall sein. Mein Verdacht fällt auf die Ängstliche."

„Vielleicht wissen sie selbst noch nicht, dass unter uns einer der Ihrigen ist. Vielleicht vermuten sie es nur und lassen uns deshalb in Frieden", fügte Leif hinzu. „Sie werden uns sicher bald testen, um herauszufinden, wer von uns zu den Ihrigen gehört."

„Ja, sie werden den Ihrigen erwecken. Dann ist es zu spät. Wir müssen den Verräter töten, bevor er erwacht und sich gegen uns stellt", drängte Chip. „Wir müssen Mary töten."

„Wie sollen wir das anstellen? Die Auserwählten würden uns sicher nicht dabei helfen." Firun schüttelte den Kopf.

„Und wenn wir ihnen die Sachlage erklären? Vielleicht helfen sie uns dann?", schöpfte Chip Hoffnung.

„Nein, werden sie nicht. Wir sind ja nicht einmal ganz sicher, dass es Mary ist. Vielleicht ist es auch niemand. Dieses Argument würden sie uns auch entgegenbringen. Sie werden ihre Freundin nicht töten", stellte Hawk fest. „Nicht einmal, wenn wir ganz sicher wüssten, dass es Mary ist. Dann würden die Auserwählten noch behaupten, es gäbe einen Weg, wie sie nicht böse wird. Oder einen, wie sie wieder zurückverwandelt werden könnte ..."

„So ein Quatsch!", warf Firun ein. „Ist man einmal in ihrem Bann, gibt es kein Zurück mehr. Niemals. Wenn Mary sich erst einmal gegen uns gestellt hat, wird sie uns alle töten."
„Selbst wenn dieses Mädchen sich gegen ihre Freunde stellen sollte, würden diese sie nicht töten wollen", bemerkte Jara. „Sie würden auch dann noch versuchen, sie zurückzuholen. Egal, was wir sagen werden. Wir können nichts tun. Wir können nur den Dingen ihren Lauf lassen."
„Nein!", rief Chip. „Das lasse ich nicht zu. Wir müssen sie wenigstens einweihen. Vielleicht bewirkt es wenigstens etwas! Schaden kann es zumindest nicht."
„Doch, schaden kann es durchaus", widersprach Leif. „Sie misstrauen uns. Nicht alle, aber ein paar hegen Misstrauen gegen uns. Wenn wir auch noch sagen, dass sie ihre Freundin töten sollen, dann richten sie sich endgültig gegen uns. Das wäre fatal."
Betroffenes Schweigen kehrte ein. Die Elfen waren ratlos.
Die Freunde hatten mittlerweile beschlossen, noch einmal zu den Geysiren zu fahren, dem Geburtsort der Runen. Dort angekommen, wussten sie aber nicht, was sie hier eigentlich tun sollten. Überall liefen Touristen herum, die die Geysire fotografierten und den Souvenirshop leerten.
Die Auserwählten übertraten die niedrige Absperrung und liefen zwischen den ganzen kleinen Geysiren durch das Tal auf das Gebirge zu. Sie wussten nicht warum sie das taten oder wofür oder was sie dort zu finden erwarteten. Aber sie taten es.
Bald erreichten sie einen Nadelwald, in dem es stockduster war. Je tiefer sie hineingingen, desto weniger sahen sie. Bald konnte man kaum noch die Hand vor Augen erkennen.
„Mir ist kalt", begann Alexis zu jammern. „Und ich seh nichts mehr."

„Es ist so dunkel", pflichtete Mary ihr bei. „Wollen wir nicht umkehren?"
„Wohin gehen wir überhaupt?", wollte Lee wissen. Kestrel, die er auf dem Arm trug, weinte vor Angst in dieser beengenden Dunkelheit.
„Ich weiß nicht, ob es etwas bringen würde, wenn wir jetzt umkehrten", sagte Gazhalia leise. „Ich weiß nicht, wohin wir gehen, und auch nicht, woher wir kamen. Wo ist der Weg?"
„Haben wir uns etwa verlaufen?" Yrja klang ängstlich.
„Chip? Leif?", fragte Alexis in die Dunkelheit. „Firun? Wo seit ihr? Hawk? Jara? Wo sind die Elfen?"
„Wahrscheinlich machen sie sich über uns lustig", knurrte Mike.
„Nein, dafür nehmen sie unseren Auftrag viel zu ernst", gab Raven besorgt zurück. „Ich spüre ihre Gegenwart nicht mehr. Ihre Gedanken sind fern. Ich höre nichts. Sie sind nicht hier."
„Das beunruhigt mich jetzt aber doch sehr!", gab Will zu.
„Habt ihr auch dieses komische Gefühl, dass wir beobachtet werden?", fragte Mary zaghaft.
„Also, Mary, wenn das jetzt ein Scherz war, war es ein ganz schlechter!", schimpfte Gazhalia beängstigt.
„Nicht beobachtet ...", sprach Raven leise, „eher verfolgt."
„Oh Mann, sei bloß still!", befahl Will seiner kleinen Schwester.
„Du musst doch wissen, ob wir verfolgt werden", fiel Gazhalia ein. „Spürst du irgendwelche Gedanken? Gedanken, die nicht von uns sind?"
„Ich spüre eine fremde Gegenwart, aber ich kann keine Gedanken hören. Es ist ... es ist wie eine Blockade", versuchte Raven ihre Gefühle zu erklären.
„Aber ich höre sie", sagte Yrja auf einmal tonlos.
„Meinst du sie?" Gazhalia blieb stehen und drehte sich zu Yrja um. Auch die anderen hielten nun inne.

„Es ist wie ein Flüstern. Ich kann keine Worte verstehen, sie sprechen zu viel durcheinander. Sie flüstern durcheinander. Wispern. Tuscheln. Sie beobachten und folgen uns ... Sie beraten sich ..." Yrja schloss die Augen. „Ich glaub, ich kann was sehen ..."
Gazhalia hob erstaunt die Augenbrauen. Raven und Lee hielten den Atem an. Kestrels Wimmern verstummte. Alle warteten gespannt und ängstlich.
„Was siehst du?", wollte Alexis wissen. Mit diesem Satz sprach sie allen anderen aus der Seele.
„Ich sehe Nadelbäume und Büsche. Es sieht aus wie hier ... Und ich sehe Schatten. Sie schleichen um uns herum ... Sie schließen ihren Kreis enger und sie ..." Auf einmal öffnete Yrja die Augen, als würde ihr jetzt erst bewusst, was sie da eigentlich redete. „Da!", rief sie erschrocken und zeigte ins Nichts, wobei alle panisch herumfuhren und in die von Yrja angezeigte Richtung schauten. Es war jedoch nichts zu sehen.
„Schatten, sagtest du?" Raven wandte sich wieder zu Yrja um.
„Ich sehe sie. Da, er kommt auf uns zu. Dort, dort." Yrja ging rückwärts. Sie schien große Angst zu haben. Will legte beruhigend einen Arm um sie.
Im Dunkel war nichts zu erkennen. Der Schatten, wo auch immer er war, rührte sich nicht. Doch dann – sie hatten es alle gesehen – war eine Bewegung in der Finsternis zu erkennen. Eine fast menschliche, behände Silhouette schlug einen Haken zur Seite, und wieder war nichts zu sehen.
„Wo ist es hin?", fragte Alexis verwirrt.
„Er, sie, es ... Was ist dieses Ding überhaupt? Zu jedem Schatten gehört auch ein Körper!", schimpfte Lee aufgebracht.
„Wer oder was diese Schattengeister auch sind ... Sie sind uns nicht gut gesinnt", stellte Raven klar.

„Ihr Flüstern wird lauter, sie hören nicht auf!" Yrja griff panisch an ihren Kopf und schüttelte ihn, als könnte sie so die Stimmen loswerden, die in sie eindrangen und sie quälten.
Die acht Freunde stellten sich alle in einem Kreis auf, mit den Gesichtern nach außen, um ihre Umgebung im Auge behalten zu können. Nun sahen sie immer öfter eine Bewegung ohne Körper im Dunkel auftauchen und verschwinden.
„Sie kreisen uns ein!", rief Gazhalia angsterfüllt aus.
In dem Moment sah sie etwas Rotes kurz aufblitzen.
„Ha-habt ihr das auch gesehen?", fragte sie hektisch.
„Nein, was denn?", gab Lee zurück, doch dann sah auch er ein rotes Augenpaar nur zwei Meter von ihm entfernt aufleuchten. „Oh mein Gott ... Was sind das für Wesen?"
„Was sollen wir nur machen? Wir wissen doch gar nicht, was für Kräfte wir haben oder ob wir uns überhaupt gegen solche Wesen wehren können!", meinte Mike. „Außerdem sind die Elfen nicht da."
„Sie haben uns im Stich gelassen. Sie wussten, dass hier etwas nicht stimmt ... Wieso nur haben sie uns nicht gewarnt?", wollte Will wissen. Aber diese Frage konnte ihm keiner beantworten.
Währenddessen schlossen die Schatten ihren Kreis enger und enger. Das Flüstern, Zischen und Tuscheln war nun für alle gut hörbar. Yrja sank vor lauter Schmerzen auf die Knie, während Kestrel wieder laut weinte und Mike und Gazhalia verzweifelt über einen Fluchtweg nachdachten.
Da sprang einer der Schattengeister aus der Reihe des engen Kreises und schlug mit einer schwarzen Kralle nach Raven aus, worauf diese erschrocken aufschrie. In einer blitzschnellen Bewegung verschwand der Schatten wieder, wobei er seine roten Augen noch einmal gefährlich aufblitzen ließ.
„Schatten haben doch keinen Körper", bemerkte Will. „Wie wollen sie uns dann etwas antun?"

Doch kurz darauf sollten sie es erfahren, als wieder eines dieser fremden Wesen auf sie zusprang und mit seiner Pranke durch Marys Gesicht fuhr. Es sah aus, als würde die Hand eines schwarzen Geistes durch sie hindurchschimmern, und dann war sie auch schon verschwunden. Mary sah unverletzt aus, doch sie schien Schmerzen zu haben. Als ein weiterer Schattengeist auf Alexis zusauste, streckte diese schützend die Hände vor sich und rief spontan aus: „Þurs, hilf mir!"
Ihre Rune begann grün zu leuchten – wie bei Firuns Erwachen – und in Alexis' Händen schien sich ein Loch aufzutun. Es war wie ein Portal in eine andere Welt, vielleicht war es auch ein schwarzes Loch – sie wussten es nicht und es war ihnen auch egal, denn so oder so: Die Rune Þurs wurde ihrem Namen „Gigant" gerecht, hatte sie doch das kleine Loch mit dem gigantischen Raum geöffnet, in das der Schattengeist nun vollständig hineingesogen wurde. Danach schloss sich das Loch sofort wieder.
Alexis hustete und ihre Hand tat weh. Doch das Flüstern der Schatten schlug um. Es klang nun panisch und hektisch und kurz darauf wurde es leiser und leiser, bis es nicht mehr zu hören war. Sie zogen sich zurück.
„Alexis, wie hast du das gemacht!?", rief Gazhalia aus. „Das war ja toll!"
„Frag mich bitte etwas Leichteres", konterte Alexis mit einem gequälten Lächeln auf den Lippen, „Irgendwie fühl ich mich jetzt ausgelaugt und hungrig."
„Hey, Leute, meine Rune!", rief Will plötzlich und schmiss Kaun von einer in die andere Hand und zurück, da sie heiß zu glühen begann.
„Leg sie auf den Boden", verlangte Mike und Will tat es.
Aus der Rune stieg nun ein blaues Leuchten hervor, das – wie bei den anderen auch – auf Wills Augenhöhe Halt

machte und sich in einen Elf verwandelte. Dieser trug dunkelblaue Kleidung und hatte kurze, dunkelblaue Haare.
„Halli hallo!", grüßte der Elf guter Dinge. „Ich bin Phoenix, und wie ich sehe, sind hier mehr als nur sechs Auserwählte versammelt."
„Ich bin Will, der Träger deiner Rune. Mary und Yrja gehören nicht zu den Auserwählten, die anderen schon. Nur sind die fünf Elfen vor einer Weile alle abgehauen."
„Wie abgehauen?" Phoenix war erstaunt. Dann sah er sich um. „Nette Gegend hier. Sieht fast aus wie der Schattenwald. Was macht ihr denn hier? Hier ist es ganz schön gefährlich."
„Schattenwald?", hakte Raven nach. „Du weißt etwas hierüber?"
„Ja, dieser Wald wird eigentlich von niemandem mehr betreten. Die Schattengeister haben hier alles Leben ausgelöscht. Sie arbeiten für die dunkle Seite", erzählte Phoenix immer noch mit fröhlicher Stimme.
„Aber wir haben uns verlaufen. Wir finden den Weg nicht", klagte Mary nun.
„Jeder Elf kennt den Weg aus dem Schattenwald heraus. Jeder Weg führt ins Nichts und nur noch tiefer hinein. Aber wenn man sich auskennt, führt jeder Weg hinaus!"
Bei dieser Logik blickten die Freunde zwar nicht ganz durch, jedoch waren sie froh, nun endlich diesen finsteren Ort verlassen zu können.
Dann schließlich sahen sie Licht und bald darauf hörten die Bäume abrupt auf. Die eisige Kälte, die sich um die Herzen aller gekrallt hatte, ließ los und ein Gefühl von Freiheit machte sich in den Freunden breit.
Sie ließen sich mit ausgebreiteten Armen ins Gras fallen und starrten in den trüben, wolkenverhangenen Himmel. Erst nach zehn Minuten erhoben sie sich wieder und bemerkten, dass sie auf der anderen Seite des Waldes herausgekommen

waren. Der Wald befand zwischen ihnen und der Hauptstraße, an der das Tal mit den Geysiren und der Souvenirshop lagen.

„Oh nein", stöhnte Gazhalia und ließ sich wieder ins hohe Gras sinken.

„Können wir den Wald nicht umgehen?", fragte Will Phoenix.

„Nein, ich glaube nicht", antwortete dieser.

„So ein Mist", murmelte Alexis. „Wenn wir wenigstens Firun und die anderen wiederfinden würden." Dann begann sie zu husten, und kurz zog ein stechender Schmerz quer durch ihren Kopf. „Autsch!"

„Was ist los?", wollte Mike wissen und musterte Alexis besorgt.

„Nichts. Alles okay."

Alexis spürte den Schatten in sich. Er war in ihrem Inneren gefangen und gut versiegelt. Er konnte nicht ausbrechen, auch nicht, wenn er wollte. Sie hatte ihn unter Kontrolle, doch wenn sie es zuließ, könnte sie ihn freilassen. Dann würde das Dunkel sich in ihr ausbreiten und die eisige Kralle sich wieder um ihr Herz legen. Dann würde sie der gefangene Schatten sein und dieser würde ihren Körper beherrschen.

Alexis wusste das alles. Sie wusste nicht, woher sie dieses Wissen hatte, aber es war so. Sie spürte es, und sie spürte wie die kalte Pranke nach ihrem Herzen griff und dennoch nicht herankam.

Das Dunkel war in ihr, also war sie das Dunkel selbst. Stellte sie nun eine Gefahr für die anderen dar?

„Lexi geht's nicht gut?" Alexis hatte gar nicht bemerkt, dass Kestrel zu ihr herübergetapst war und nun mit besorgtem Blick auf sie schaute.

„Doch, doch, Lexi geht's super!", beruhigte sie die Kleine und tätschelte ihr den Kopf.

„Kess ist kein Hund", beschwerte Kestrel sich sofort, was Alexis lächeln ließ.

Dann zuckten alle erschrocken zusammen, als man einen lauten Schrei hörte.
„Uahh!", vernahmen sie Mikes Stimme, doch er war nirgends zu sehen.
„Mike? Wo bist du? Was ist passiert?", rief Gazhalia und sah sich suchend um.
„Ich bin hier unten! Leute, helft mir! – Ah, was ist das?"
„Was ist was?", fragte Will in die Luft und suchte nach einem Loch oder etwas Ähnlichem, in das Mike hätte hineinfallen können. „Mike? Mike, wo steckst du?"
Dann entdeckte Raven ein großes Loch im Boden, das unmöglich von Natur aus da entstanden sein konnte. „Mike, bist du da unten?"
Lee nahm Kestrel auf den Arm und kam zu Raven gelaufen. Auch Gazhalia, Yrja und Mary kamen hinzu. Alexis und Will schauten mit prüfendem Blick aus einiger Entfernung.
„Hey, Leute, das müsst ihr euch ansehen!", rief Mike zu ihnen herauf.
„Was denn?" Raven setzte sich an die Kante und stieß sich ab. Mit einem dumpfen Rums kam sie auf den Füßen unten an. „Wow."
Staunend sah sie sich um, während die anderen folgten. Sie befanden sich in einer riesigen unterirdischen Halle, an deren Wänden es nur so blitzte und blinkte und glitzerte. Glänzende Steine blendeten sie und erleuchteten die Halle mit einem inneren Licht.
„Ist das eine Tropfsteinhöhle oder was?", wollte Gazhalia wissen.
„Ich weiß es nicht", rief Mike vom anderen Ende der Halle, „aber hier ist ein Gang. Kommt."
„Kennst du dich hiermit auch aus?", fragte Will seinen Elf.
„Nein, von einer solchen Höhle hab ich noch nie gehört", gestand Phoenix und staunte selbst über die prächtigen Steine.

Der Boden war mit wunderschön verzierten Kacheln ausgelegt, was auch den letzten Zweifel beseitigte: Diese Höhle musste von Menschen erbaut worden sein.
„Aber wozu?", wollte Alexis wissen, als sie allesamt bei Mike angelangt waren.
„Das frage ich mich auch", antwortete Lee und hatte Mühe, Kestrel auf dem Arm zu halten, da sie sich immer wieder wand und ihre Arme nach den glitzernden Wänden ausstreckte.
Der Gang besaß ein Gefälle, wie sie alle bald merkten. Es ging stetig abwärts, doch immer noch war alles mit den wunderschön glänzenden Kacheln ausgelegt und die Wände schimmerten von Edelsteinen.
„Wenn irgendein Mensch noch wissen würde, dass das hier existiert, dann würde hier bald nichts mehr davon da sein", fiel Yrja auf.
„Ja, wahrscheinlich", stimmte Will ihr zu.
Plötzlich hörte der enge Weg auf, abwärts zu gehen, und auch die Fliesen brachen ab. Nun war der Boden ebenso aus Edelsteinen wie die Wände und die Decke.
Schon nach Kurzem begann es, nun wieder aufwärts zu gehen, jedoch etwas holperiger als der Abstieg. Ab und zu schienen regelrechte Stufen in den wertvollen Boden geschlagen zu sein.
Yrja hielt sich an einem hervorstehenden Stein an der Wand fest und zog sich hoch, um eine steile, hohe Stufe zu überwinden. Gerade, als sie den Steinvorsprung, auf den sie sich gestützt hatte, loslassen wollte, brach er ab und sie hielt einen glühenden, von innen leuchtenden, faustgroßen Stein in ihrer rechten Hand.
„Oh, das war keine Absicht", sagte sie mehr zu sich selbst als zu den anderen.

„Nimm ihn doch mit", schlug grinsend Will vor. „Sozusagen als Andenken."
„Nein, ich nehme hier nichts mit. Ich stehle hier nichts." Sie wollte gerade den Stein ablegen, als er sich plötzlich öffnete und eine Elfe, genauso wie jene, die sie kannten, herausschlüpfte und sich mit wütendem Gesicht vor Yrja aufbaute.
„Du Diebin!", schimpfte die kleine, violett gekleidete Elfe.
„Ich wollte den Stein nicht abbrechen", verteidigte sich Yrja, „es war ein Versehen."
„Ja, natürlich, ein Versehen", sagte die Elfe ironisch. „Habt ihr das gehört? Es war ein Versehen!"
Gelächter kam aus den Wänden und von überall her kamen noch mehr Elfen herangeflogen. Alle waren sie violett oder pink gekleidet und damit farblich kaum von den Steinen zu unterscheiden.
„Ich wollte mich an dem Stein hochziehen. Ich wollte ihn nicht abbrechen", wiederholte Yrja ihre Rechtfertigung.
„Ja, natürlich", sagte die Elfe mal wieder sarkastisch. „Und da er sowieso abgebrochen war, wolltest du ihn gleich einstekken, nicht wahr?"
„Nein, ich wollte ihn gerade zurücklegen", sagte Yrja nun energisch und entschlossen. Sie hasste es, einer Sache beschuldigt zu werden, die sie nicht getan hatte.
„Klar, aber sicher!", rief die Elfe aus. „Sie wollte den Stein zurücklegen!"
Wieder ging ein Lachen durch die Massen von Elfen, welche die kleine Menschengruppe nun umzingelt hatten.
„Moment mal", mischte sich nun Phoenix ein. Die Elfen hatten ihn gar nicht bemerkt und verstummten nun überrascht. „Ich bin Phoenix und wie ist Euer Name?"
„Darvarah", stellte sich die vorher so sarkastische und wütende Elfe jetzt auf einmal in sehr freundlichem Ton vor.

„Nun, Darvarah", begann Phoenix, „ich garantiere für die Unschuld dieser Menschen. Sechs von ihnen sind die Auserwählten."

Ein ängstliches, aber auch ehrfürchtiges Raunen ging durch die Reihen der Elfen.

„Die Auserwählten, sagst du?", wiederholte Darvarah skeptisch und bedachte die Menschen mit einem prüfenden Blick. „Nun gut, ich werde euch zu unserem König bringen, sodass man den Beweis von euch fordern darf."

Die Elfen verflüchtigten sich wieder in die Wände und Darvarah machte einen abzweigenden Gang für die menschlichen Gäste sichtbar, die ihr nun dorthinein folgten.

Es war wie eine erbaute Großstadt, in der alles aus Edelsteinen bestand und sich in allen Etagen und Höhen kleine Häuser befanden. Staunend und bewundernd sahen sich die Freunde um und bemerkten, wie sie von vielen neugierigen Elfen beäugt wurden.

Darvarah flog weiter voran und hielt erst am Ende der Höhle an. Dort stand eine Art Palast, in den sie hineinflog. Phoenix folgte ihr, die Menschen warteten draußen.

Mit langen, weichen Schritten marschierte Darvarah vor Phoenix eine lange Halle hinunter bis zu einem Thron, auf dem ein junger Elf saß.

„König Argonath vom Astarimtal", begrüßte sie den auf dem Thron sitzenden Elfen und kniete vor ihm nieder. Phoenix folgte ihrem Beispiel.

„Was wünscht ihr, Darvarah?", fragte der König.

„Es sind Menschen in unser Tal eingekehrt, mein König", berichtete Darvarah. „Dieser Elf hier bürgt für sie und sagt, sie seien die Auserwählten."

„Die Auserwählten, so, so …" König Argonath erhob sich und schritt von seinem Thron die wenigen Stufen zu Darva-

rah herab. „Ich werde mir die Menschen ansehen und mir den Beweis vorführen lassen."
Der König ging voran und Darvarah und Phoenix folgten ihm.
Außerhalb des Palastes mussten die sechs Auserwählten ihre Runen präsentieren, die von König Argonath persönlich auf ihre Echtheit getestet wurden. Nachdem er überzeugt war, dass es die Originale waren, kniete er sich vor den Auserwählten nieder.
„Ihr seid die wahren Auserwählten", sagte er. „Ihr seid die Retter dieser Welt. Sagt, was ihr begehrt. Wir unterstützen euch mit all unseren Mitteln."
„Also eigentlich suchen wir nur den Ausgang", gestand Gazhalia.
„Ich werde euch einen Führer zur Verfügung stellen, der euch sicher aus dem Astarimtal geleitet und euch zur Oberwelt bringt."
„Vielen Dank." Raven lächelte den Elf fröhlich an.
„Ich werde das übernehmen", meldete sich Darvarah freiwillig.
„Nein, du wirst nicht", verbot der König.
„Warum nicht? Nie lässt du mich etwas machen", beschwerte sich die Elfe.
„Du bist meine Schwester, dir darf nichts geschehen. Du bleibst hier!" Dann wandte er sich wieder an die Menschen: „Crow und Eagle werden euch zum Ausgang geleiten."
Zwei Elfen, ein Mann und eine Frau, kamen herbeigeflogen.
„Immer schickst du Crow auf gefährliche Trips, aber mich lässt du nie!", meckerte Darvarah weiter.
„Crow, Eagle." König Argonath ignorierte seine Schwester einfach. „Ihr werdet die Auserwählten aus dem Astarimtal hinaus zur Oberwelt führen."
„Jawohl, mein König", antworteten die beiden Elfen gleichzeitig.

Dann wandte König Argonath sich wieder an die Auserwählten. „Kann ich sonst noch irgendetwas für euch tun?"
„Nein, vielen Dank", lehnte Mike ab.
Yrja hatte das Geschehen bisher stumm verfolgt, doch plötzlich kam ihr eine Erkenntnis, die ihr dem Atem nahm. Sie hatte das Gefühl, ihr Herz bliebe einen Augenblick lang stehen. Was ihr wie selbstverständlich vorgekommen war, wurde ihr jetzt erst bewusst: Sie hatte die ganze Zeit über die Elfen sehen können! Diese Erkenntnis traf sie so plötzlich wie ein Schlag und haute sie glatt um. Sie sank mit weit geöffneten Augen auf die Knie und zwang sich dazu, wieder normal zu atmen.
„Was ist los?", fragte Will besorgt und beugte sich zu ihr hinunter.
„Ich …" Yrja konnte zunächst kaum sprechen, so geschockt und dennoch glücklich war sie. „Ich kann sie sehen! Wie ist das nur möglich? Ich kann sie sehen."
„Was hat eure Gefährtin?", erkundigte sich Darvarah besorgt.
„Es geht ihr gut", lächelte Gazhalia die Elfe an und wandte sich dann zu Yrja um. „Was hast du?"
„Sie sieht sie", flüsterte Will, „sie sieht die Elfen."
Yrja rappelte sich wieder auf, ließ sich jedoch von Will stützen. Diese Sache hatte sie wirklich überrumpelt.
Gazhalia und ihr Team verabschiedeten sich vom König Argonath und seiner Schwester Darvarah und folgten dann den beiden Elfen, die Crow und Eagle genannt wurden, den Weg zurück in den Gang, in dem Yrja den Stein aus der Wand gebrochen hatte.
„Was meinte Darvarah eben, als sie behauptete, euer König würde dich immer auf gefährliche Reisen schicken?", wollte Phoenix von Crow wissen.

„Ach, vor vier Monaten verstarben die Königin und der König – die Eltern von Darvarah und Argonath. Sie waren mit der Heirat einverstanden, aber Argonath war es nie", erklärte Crow. „Jetzt hat er das Sagen und verbietet es."
„Welche Heirat?", fragte Phoenix verwirrt.
„Die von Darvarah und mir." Crow lächelte. „Wir wollten schon heiraten, als ihre Eltern noch lebten. Aber Argonath macht alles kaputt. Er sperrt seine Schwester regelrecht weg und gibt mir die gefährlichsten Aufträge, die er finden kann."
„Wie gemein", mischte sich Will in die Unterhaltung der beiden Elfen ein.
„Tja, ich bin nicht adelig; das ist Argonaths Problem", erklärte Crow.
„Oje", stöhnte Gazhalia, „ich dachte diese Klassentrennung gäbe es nicht mehr!"
„Im Astarimtal gibt es das eigentlich auch nicht mehr ... Aber manche Leute legen eben Wert darauf. Und wenn der König selbst eine Hochzeit verbietet, kann man eigentlich sowieso nichts mehr daran ändern", erklärte Eagle seufzend.
„Sieht ja ganz so aus, als wäre euer Volk nicht sehr zufrieden mit dem neuen König", bemerkte Yrja, die sich wieder gefasst hatte.
„Ja, das alte Königspaar war toll, aber wir hatten alle befürchtet, dass Argonath irgendwann an die Macht kommt", berichtete Crow, während Eagle einen weiteren unsichtbaren Abzweig sichtbar machte.
„Wie sind denn der König und die Königin umgekommen?", erkundigte sich Lee neugierig. Er hatte Kestrel jetzt auf seine Schultern genommen und sie hatte ihre kleinen Händchen in seine Haare gekrallt.
„Das war in der letzten Schlacht", erzählte Crow. „Seit Jahren schon vergrößert der König des Soliastals sein Reich, in-

dem er die anderen Täler erobert. Aber wir leisten Widerstand. Doch in der letzten Schlacht starb unser König."
„Und seine Frau?", forschte Raven weiter.
„Hat sich umgebracht." Crow bog in einen weiteren Gang ein und kurz darauf wieder in einen anderen, sodass die Menschen bald die Orientierung verloren hatten.
„Wo wären wir eigentlich gelandet, wenn wir dem Hauptgang bis zum Ende gefolgt wären?", erkundigte sich Mike bei den beiden Führern.
„An einem Ausgang aus dem Astarimtal", meinte Eagle, „Aber der befindet sich mitten im Schattenwald – falls ihr wisst, was das ist."
„Ja, den haben wir vorhin durchquert", erzählte Lee.
„Was? Ihr habt den Schattenwald durchquert?", staunte Crow.
„Ja, die Schatten wollten uns angreifen, aber Alexis hat einen von ihnen zur Strecke gebracht, da haben sich die anderen zurückgezogen!", grinste Will triumphierend.
„Die Schattengeister sind unsterblich … Sie kann ihn nicht getötet haben", flüsterte Eagle zu Crow, doch Raven hatte es gehört.
„Die Schatten sind unsterblich?", wiederholte sie laut, damit es auch die anderen hörten.
Gazhalia warf Alexis einen besorgten Blick zu.
„Ich weiß", seufzte Alexis. „Der Schatten lebt noch. Er ist in mir gefangen, aber keine Angst. Ich lasse ihn nicht heraus."
Mary warf Alexis einen ängstlichen Blick zu.
„Stehen die Schatten auf der Seite unserer Gegner? Was meint ihr?", fragte Gazhalia ihre Freunde.
„Die Schattengeister stehen auf niemandes Seite. Sie kämpfen für niemanden außer sich selbst. Sie sind zufrieden, wenn sie töten dürfen. Egal, wer es ist", erläuterte Eagle und bog nach links ab, während Crow nach rechts abbog.

„Hey, wo fliegst du hin?", fragte sie ihn.
„Müssen wir nicht hier lang?", stellte er ihr eine Gegenfrage.
„Nein, hier entlang!", beharrte Eagle, und so bogen sie nach links ab.
Die Öffnung befand sich hinter einem Strauch direkt hinter dem Souvenirshop. Als die Gruppe komplett draußen war, verschloss sich die Öffnung und es war nichts mehr von einem Loch zu erkennen. Zum Abschied hatte Crow Gazhalia einen der violett schimmernden Edelsteine geschenkt. Eagle flüsterte ihr ins Ohr: „Ruf uns, wenn ihr Hilfe braucht." Dann waren die beiden Elfen verschwunden.
„Das war ja vielleicht mal ein aufregender Tag", sagte Gazhalia guter Dinge und ließ den Stein in ihrer Hosentasche verschwinden.
„Der Tag ist noch nicht vorbei", entgegnete Mike nach einem Blick auf die Uhr. „Wir haben neunzehn Uhr zwanzig. Wir sollten versuchen, Chip, Leif und die anderen zu finden."
„Der Parkplatz ist leer", bemerkte Alexis. „Es sind keine Touristen mehr da."
„Der Souvenirshop hat auch schon zu", fügte Yrja hinzu. „Also können wir den Geysir Strokkur noch mal etwas genauer unter die Lupe nehmen."
Gemeinsam überquerten sie die Hauptstraße und gingen hinüber zu Strokkur, der gerade drei Mal sein heißes Wasser in die Höhe gespuckt hatte.
„Hm, und was machen wir nun hier?", fragte Alexis mehr sich selbst als die anderen. Sie spürte wieder einmal, wie die eisige Kralle nach ihrem Herzen griff und es in ihr zog und zerrte. „Hier ist irgendetwas …"
Sie hatte kaum zu Ende gesprochen, da schoss eine Knochenhand aus dem heißen Gewässer des Strokkur hervor und bohrte seine langen krallenartigen Finger in den Stein. Langsam zog sich etwas daran hoch, und bevor es zu sehen war,

ahnten die Freunde schon, was kommen würde. Mary wandte angeekelt den Blick ab und auch die anderen wagten kaum hinzusehen. Ein Gestank verwesenden Fleisches machte sich breit und einigen wurde schlecht.
Eine zweite Hand kam zum Vorschein. Auch diese bestand nur noch aus Knochen. Die Hände stützten sich auf und zogen den Körper, dem sie gehörten, hoch. Der eine Arm bestand nur noch aus Knochen, an dem anderen jedoch waren noch ein paar Fleischfetzen. Der Kopf des Skelettes war nur noch ein Schädel, in dessen Augenhöhlen ein kleines, unheimliches Leuchten war. Ein verschmutztes Gewand hing an dem Skelett herunter. Als es sich in voller Größe vor den Freunden aufrichtete, sahen sie den Dampf aufsteigen.
„Dieses Skelett hat gerade 'nen Kochgang hinter sich", spotete Gazhalia, doch keiner lachte. Sie wussten, dass das Wasser in den Geysiren über hundert Grad heiß war, und allein die Vorstellung, dass ein Körper sich darin befunden hatte, machte ihnen schreckliche Angst.
Gazhalia tastete nach dem Stein in ihrer Hosentasche. Sollte sie die neuen Elfenfreunde rufen? Nein, dafür war es noch zu früh. Sie mussten ihre eigenen Fähigkeiten entdecken und einsetzen. Sie konnten sich schließlich nicht immer auf andere verlassen. Gazhalia wusste von sich, dass sie sich für kurze Augenblicke körperlos machen konnte. Diese Fähigkeit konnte sie ausnutzen, um eventuellen Schlägen auszuweichen. Doch was sollten die anderen tun?
Das Skelett stand regungslos vor ihnen. Keiner wusste, ob es seinen Blick schweifen ließ, da es keine Augen mehr hatte, und die kleinen leuchtenden Kreise gaben keine Richtung an.
„Was hat es vor?", flüsterte Lee, doch keiner außer Kestrel konnte seine Frage gehört haben.

Auf einmal machte das Skelett einen klapperigen Schritt nach vorn und wandte dann knirschend den Kopf in Marys Richtung, worauf diese erschrocken einen Schritt rückwärts ging.
„Was will es von Mary?", fragte Will laut.
„Keine Ahnung, sie ist doch gar keine Auserwählte", erinnerte Lee.
„Weißt du noch, als wir die Elfen im Bad vom Hotel belauscht haben, Mike?", fiel Gazhalia ein. „Sie meinten, dass einer von uns böse wird, und wir müssten ihn töten, bevor das geschieht."
„Was? Davon wissen wir ja gar nichts!", mischte sich Alexis ein, und Mary schaute entsetzt auf ihre Freundin Gazhalia in der Angst, sie wolle sie töten.
„Ich bin kein Verräter!", rief Mary beängstigt aus. „Ich weiß gar nicht, was ihr meint."
„Chip meinte auch, dass der Mensch erst noch böse wird … Vielleicht weißt du selbst gar nichts davon", konterte Gazhalia und bedachte Mary mit einem traurigen Blick.
„Chip sagte, wir müssten sie töten, bevor sie böse wird. Sonst wäre es zu spät", erzählte Mike, was Gazhalia ihm einmal mitgeteilt hatte.
„Ihr … Ihr wollt mich doch nicht töten!", rief Mary in panischer Angst und wich vor ihren Freunden zurück.
„Nein, das könnte ich niemals …", seufzte Gazhalia bedrückt.
„Aber wenn wir sie nicht töten, tötet sie uns alle!", rief Raven auf einmal aus.
„Nein!" Mary wollte sich umdrehen und weglaufen, da packte das Skelett sie am Arm. Erschrocken schrie sie auf. Die Knochen der Hand waren noch immer heiß vom Wasser, auch wenn sie die Haut nicht verbrannten, und der Griff war fest und bestimmt.

„Sie wollen Mary holen!", rief Lee. „Das können wir nicht zulassen."
„Hilfe! Helft mir!", schrie Mary hektisch und versuchte sich zu befreien, doch keiner ihrer Freunde rührte sich. „Bitte! Ihr seid doch meine Freunde! Helft mir!"
Gazhalia wusste nicht, was sie tun sollte. Sollte sie Mary retten, um sie danach selbst umzubringen? Konnte sie das überhaupt? Ihre beste Freundin töten? Niemals!
„Wir müssen was machen!", rief Gazhalia verzweifelt aus, doch sie wusste selbst nicht was. Also rannte sie einfach los, griff den freien Arm des Skelettes und zerrte daran. Doch mit einer leichten Bewegung schleuderte das Skelett Gazhalia davon, als wäre sie eine Mücke, die es abwehren müsste.
Gazhalia kam zwischen zwei kleineren Geysiren unsanft auf dem harten Boden auf. „Verdammt!", fluchte sie leise und rappelte sich wieder auf.
Das Skelett zerrte Mary in Richtung Strokkur, der gerade wieder drei Mal Wasser spuckte.
„Lass mich! Hilfe!", rief Mary immer noch verzweifelt. „Zhali! Lee! Helft mir! Was macht es mit mir!?"
„Will es sie etwa da reinschmeißen!?" Yrja sah geschockt zu Will hinüber.
„Ich weiß auch nicht. Das würde sie doch umbringen!", antwortete er mit belegter Stimme.
Gazhalia wollte einen neuen Angriff starten, doch Mike hielt sie zurück. „Du hast eben Glück gehabt, aber was ist, wenn es dich das nächste Mal in einen der Geysire schleudert? Dann bist du tot."
Gazhalia schluckte. „Aber was wird es mit Mary machen?"
„Vielleicht erwacht die böse Seite in ihr, wenn es sie in den Geysir stürzt?", vermutete Raven ruhig. Sie ließ sich ihre Angst nicht anmerken. Doch in Wirklichkeit wollte sie am liebsten wegrennen und sich irgendwo verkriechen.

„Nein, Mary darf sich nicht gegen uns stellen! Dann müssten wir sie töten! Das kann ich nicht zulassen!", rief Gazhalia und rannte wieder auf das Skelett zu, das ihre Freundin nun mit beiden Knochenhänden an den Armen festhielt.
„Zhali, hilf mir! Es will mich umbringen!", schrie Mary verzweifelt.
„Du gehörst zu uns", sprach das Skelett auf einmal mit tausend Stimmen gleichzeitig. Gazhalia blieb wie angewurzelt stehen. „Du gehörst zu uns. Dein wahres Ich wird erwachen, sobald du die Wasser des Todes berührst."
„Nein, nein, nein!", rief Mary. „Ich will nicht!"
Das Skelett hob sie hoch und sie strampelte, so heftig sie nur konnte, und trat mit ihren Füßen in die Knochenbeine des Skelettes. Doch es brachte alles nichts. Das Skelett hob sie über den brodelnden Geysir und – ließ sie los. Einem letzten verzweifelten und panischen Schrei folgte ein lautes Platschen, als Mary auf das Wasser aufschlug und darin verschwand.
Gazhalia erstarrte. Sie konnte es nicht fassen. Sie hatte ihre Freundin nicht retten können. Was würde nun geschehen? Würde Mary sich gegen sie stellen? Würde sie ihre eigenen Freunde alle töten wollen? Und es vielleicht auch durchführen? Oder würden sie es schaffen, Marys wahres Ich wieder zurückzuholen?
Doch keine dieser Vermutungen sollte sich erfüllen. Denn auch sie hatten sich geirrt.
Nichts geschah.
Über eine Stunde stand das Skelett am Strokkur wie versteinert und auch Gazhalia und ihre Freunde konnten sich nicht rühren. Sie alle konnten nicht fassen, was geschehen war.
Dann endlich – es schien eine Ewigkeit vergangen zu sein – regte sich das Skelett.
„Sie ist es nicht! Argh! Sie ist die Falsche!", fluchte es.

„Was? Was sagt es da? Was meint es damit, sie sei die ‚Falsche'?", fragte Gazhalia hektisch und fassungslos. „Was meint es? Was ist los?"
„Das heißt wohl, Mary ist nicht diejenige, die böse wird … Sie gehört nicht zu unseren Gegnern …" Mike sah betrübt drein.
„Das heißt …?" Gazhalia sprach nicht zu Ende. Sie alle wussten, was dies bedeutete. Mary war ein ganz normales Mädchen, das nur – wodurch auch immer – die Fähigkeit hatte, Elfen zu sehen. Und nun war sie tot.
Gazhalia begann zu zittern. Sie konnte es noch gar nicht fassen. Ihre beste Freundin, mit der sie zwar nur eine kurze, jedoch die schönste Zeit ihres Lebens verbracht hatte, sollte nun nicht mehr da sein, tot sein? Das konnte sie einfach nicht glauben. Eben noch war sie da gewesen, sie war mit ihnen durch den Schattenwald gegangen, durch die Tropfsteinhöhle, durch das Astarimtal. Gerade noch hatten sie alle zusammen um den Geysir gestanden und stumm beobachtet, wie das Skelett zum Vorschein gekommen war. Gerade noch hatte Mary direkt neben ihr gestanden und gleichmäßig geatmet. Gerade noch hatte sie gelebt.
Gazhalias Beine hielten sie nicht mehr. Sie sank auf den Boden und begann zu weinen. Sie konnte die Tränen nicht zurückhalten, dabei konnte sie immer noch nicht wahrhaben, was eigentlich geschehen war. Ihre Gedanken rasten, sie bekam nichts mehr mit um sich herum. Mike zog sie auf die Beine und nahm sie in die Arme. Kestrel heulte bitterlich los, weil Gazhalia weinte, und Lee versuchte das kleine Mädchen zu trösten. Alexis, Will, Raven und Yrja stellten sich wie eine schützende Wand vor die vier Freunde und warteten ab, was das Skelett als nächstes tat. Auch ihnen rannen die Tränen über die Wangen.
Phoenix hockte stumm auf Wills Kopf und sagte nichts.

Dann wandte sich das Skelett den noch übrigen zu. „Ihr", sagte es mit seiner nach tausenden klingenden Stimme, „ich werde euch einfach alle hineinwerfen. Einer von euch muss es sein. Einer von euch ist es! Ich beseitige euch gleich allesamt! Dann steht uns nichts mehr im Wege!"
„Was machen wir jetzt?", flüsterte Yrja eingeschüchtert zu Will.
„Ich hab keine Ahnung", antwortete er nicht sehr hoffnungsvoll.
„Wir machen ihm Angst!", schlug Phoenix vor.
„Womit willst du ein Skelett denn ängstigen?", entgegnete Raven und hob eine Augenbraue. Sie schluchzte noch etwas und ihre Augen waren gerötet. Man sah deutlich, dass sie geweint hatte.
„Ich weiß, was wir tun!" Gazhalia löste sich mit neuer Entschlossenheit aus Mikes Umarmung. Sie würde Mary rächen. Das stand fest. Das war jetzt ihr Auftrag, ihre Mission, die sie sich selbst gegeben hatte.
Sie holte den Stein, den Crow ihr gegeben hatte, aus ihrer Hosentasche und hielt ihn hoch. „Elfen aus dem Astarimtal! Helft uns!", rief sie aus, und plötzlich verschwand das innere Leuchten des Edelsteines. Nun war er ganz dunkel und plötzlich zersprang er in tausend Stücke und aus jedem der Stücke formte sich eine Elfe.
Die Freunde schauten staunend dem Spektakel zu. An die tausend violett gekleidete Elfen standen nun wie eine kleine Armee in der Luft.
Eagle kam auf Gazhalia zugeflogen. „Ich hätte nicht gedacht, dass ihr uns so schnell braucht!", lächelte sie.
„Das Skelett dort hat Mary getötet", sagte Gazhalia tonlos, worauf Eagles Lächeln erstarb.

Da kam Crow mit Darvarah an der Hand herbei. Eagle sagte kurz etwas auf Isländisch, woraufhin auch diese beiden Elfen geschockt aussahen.

„Es tut mir sehr Leid für euch", sagte Darvarah an die Auserwählten gewandt. „Los, schicken wir dieses Mistvieh zurück in die Hölle, aus der es kommt!"

Die Elfenarmee flog auf das sichtlich verwirrte Skelett zu und drehte einige Runden um dessen Kopf. Phoenix und Will hatten sich in der Zwischenzeit beraten und Phoenix hatte Will erklärt, wofür die Rune Kaun stand: Für Schrecken. Will nahm seine Rune in die Hand, sprach leise etwas, und auf einmal schien es ganz viele Wills zu geben, die einen Kreis um das Skelett schlossen. Diese Trugbilder hielt das Skelett für Wirklichkeit, denn es schlug auf sie ein, nachdem es versucht hatte, die Elfen wie Fliegen abzuwehren, weil sie ihm die Sicht raubten. Wieder schlug das Skelett auf eine der Illusionen ein und schlug durch die Luft. Durch die Wucht des Schlages, der auf keinen Widerstand traf, verlor es das Gleichgewicht und stürzte.

„Wir brauchen Waffen!", schrie Raven. „Reid, gib mir eine Waffe!"

Sie umschloss ihre Rune, so fest sie konnte, und spürte eine Veränderung. Ihre Rune schien zu wachsen, und es schien nicht nur so: Sie wuchs wirklich! Reid verformte sich und wurde länger und länger. An einem Ende wurde sie breiter, und so formte sich eine große Axt aus ihr, die jedoch so leicht war wie die Rune zu Beginn der Verwandlung. Raven staunte über sich selbst, verlor dann aber keine Zeit und rannte zu dem Skelett, das sich schon wieder aufgerappelt hatte.

„Bringt es noch einmal zu Fall!", schrie sie.

Die Elfen umsausten wieder ihren Gegner, der nun, blind, einfach nur wild um sich schlug. Da Will keine Kraft mehr

hatte, verschwanden seine erzeugten Illusionen. Yrja folgte Ravens Aufforderung, das Skelett noch einmal zu Fall zu bringen. Sie stürzte sich einfach auf es drauf, und als es sie von sich schleudern wollte, klammerte sie sich an ihm fest, sodass es durch seinen eigenen Schwung umfiel. Durch die Wucht des Aufpralls wurde Yrja davongeschleudert, doch Raven hatte nur Augen für das am Boden liegende Skelett. Die Elfen flogen davon und machten ihr Platz. Raven holte aus, schwang ihre Axt und schlug, so fest sie konnte, zu. Sie traf den Hals des Skelettes, der nur aus einem Stück Wirbelsäule bestand. Durch die Wucht des Schlages wurde der Kopf ihres Gegners davongeschmettert und landete mit dem schon mehrmals gehörten Platschen in einem der Geysire. Der restliche Körper ging in Flammen auf, und übrig blieb nur ein großes Häufchen Asche.
Erschöpft ließ Raven sich auf die Knie sinken. Die anderen kamen zu ihr.
„Das war super!", gratulierte Mike ihr, jedoch nicht allzu freudig, da er noch an Mary dachte.
„Wirklich irre!", sagte auch Alexis. „Apropos irre ... Wo ist denn Yrja?"
Schweigen trat ein. Keiner traute sich irgendeine Ahnung auszusprechen. Hinter ihnen lag Strokkur, aus dem sie nun ein leises Plätschern und Spitzen vernahmen. Langsam und schluckend wandten sie ihre Köpfe um und sahen zum Geysir hinüber.
Eine Hand griff um die Kante. Noch eine Hand. Unverletzt. Dann zog sich das Mädchen langsam hoch. Ihr Blick war leer und trotzdem lächelte sie. Ein bösartiges, fieses Lächeln, dass allen einen kalten Schauer über den Rücken jagte. Ein Lächeln, so eiskalt, wie sie es noch nie gesehen hatten, so gefühllos, wie ein Lächeln nur sein konnte. Es widersprach allem, was sie von Yrja kannten. Es war nicht Yrja.

Sie hob langsam die Arme. Das Lächeln immer beibehaltend, beschwor sie das Wasser des Geysirs, das sich über sie beugte und dann in einer großen Flutwelle auf die Auserwählten zustürmte. Mit lautem Geschrei stoben die Freunde und Elfen auseinander und entwischten dem tödlichen Wasser.

Ein Teil des Wassers legte sich um Yrjas Schultern und wurde zu einem dunklen Umhang, der sie mächtig und noch bösartiger aussehen ließ. Über den Himmel legte sich eine plötzliche Dunkelheit. Dann stülpte sich eine neue Wasserwelle über Yrja und löste sich mit ihr in Luft auf.

Tag 15

Kurz nach Mitternacht standen sie immer noch dort und starrten fassungslos und ungläubig auf die Stelle, an der Yrja verschwunden war.
Irgendwann brach Alexis das Schweigen. „Das war nicht Yrja."
„Wer war es dann?" Mike schaute sie fragend an.
„Ich würde sagen: Ihr zweites Ich", mischte sich Raven ein.
„Hm... Ich wüsste nur gern, wer ihr zweites Ich ist", warf Will traurig ein.
„Ich glaub, ich weiß es", sagte Gazhalia tonlos. Sie dachte an Mary, ihre verstorbene Freundin.
„Ach ja? Kennen wir ihr zweites Ich?" Lee sah seine alte Freundin verwirrt an.
„Laissa."
„Was?", rief Alexis aus. „Wie kommst du denn auf Laissa?"
„Wer sollte es sonst sein?", entgegnete Gazhalia. Sie beschloss, den Gedanken an Marys Tod zu verdrängen und sich normal zu verhalten.
„Wahrscheinlich hat Gazhalia Recht", lenkte Mike ein. „Aber wir wissen nichts Genaues. Ich schlage vor, wir kehren erst einmal ins Hotel zurück. Wir müssen heute auschecken."
„Stimmt, unser Flug geht heute Mittag um dreizehn Uhr", fiel Alexis ein. „Das ist in etwa zwölf Stunden."
„Aber wie erklären wir das Verschwinden von Yrja und ... Mary?" Gazhalia unterdrückte wieder aufkommende Tränen.
Darauf hatten die anderen keine Antwort. Doch sie vergaßen auch ganz schnell dieses wichtige Thema, als Raven plötzlich bemerkte, dass die Elfengruppe unruhig wurde.
„Seht mal, was ist denn bei denen los?" Sie zeigte auf die violett gekleideten Elfen, unter denen Phoenix in seinen blauen Kleidern auffiel. Doch jetzt erkannten sie auch Firun

in ihrem Clownoutfit, Chip in Jeans, Hawk und Leif in Schwarz und Jara in Weiß.

„Da sind sie ja wieder", knurrte Alexis. „Na, denen werden wir was erzählen."

„Wenn man sie braucht, sind sie nicht da", schloss sich Mike ihr an. „Sobald es gefährlich wird, sind sie verschwunden. Schon bei den Schattengeistern."

„Hey, Jara!", rief Raven ihrer Elfe zu.

Die Elfen kamen herbei.

„Wo wart ihr?", begrüßte Gazhalia sie sofort sehr unfreundlich.

„Wo wart ihr?", gab Chip genauso unfreundlich zurück. „Wir waren hier bei den Geysiren und haben uns Strokkur noch einmal genauer angesehen, und auf einmal wart ihr alle weg!"

„Wir waren im Schattenwald", berichtete Mike. „Wieso seid ihr denn woanders hingegangen als wir?"

„Wir haben gedacht, ihr wärt direkt hinter uns …", verteidigte sich Leif kleinlaut.

„Im Schattenwald haben uns Schattengeister angegriffen. Alexis hat uns das Leben gerettet!", erzählte Will, doch es klang mehr wie Schimpfen.

„Phoenix hat uns den Ausgang gezeigt", fuhr Lee für ihn fort, „und dann sind wir unterirdisch hierher zurückgekehrt. Und wo wart ihr dann? Als wir wieder hier waren? Hm?"

„Wir haben bemerkt, dass ihr auf einmal weg wart!", klärte Hawk sie auf. „Da sind wir bis zum Gullfoss geflogen und haben euch dort gesucht."

„Und während ihr dort Kaffeekränzchen gehalten habt, wurde Mary hier von einem Skelett getötet!", schrie Gazhalia wütend.

Kurz herrschte Stille. Die Elfen schienen noch nicht zu wissen, was geschehen war.

„Ein Glück, dass sie keine Auserwählte war", meinte Chip dann.

Die Freunde schauten sie entgeistert an. Wie konnte sie nur so unbewegt sein?

„Ich wünschte, du wärest statt ihrer gestorben", sagte Gazhalia dann unter Tränen und lief in die Dunkelheit davon.

„Wieso? Hab ich was Falsches gesagt?" Chip fühlte sich keiner Schuld bewusst.

Mike sah sie nur kopfschüttelnd an und folgte Gazhalia.

„Na ja, ich halte es zwar nicht für nötig, euch noch zu informieren, aber falls es euch interessiert: Yrjas zweites Ich ist erwacht, sie hat unglaubliche Kräfte bekommen und kämpft jetzt gegen uns", berichtete Raven ganz sachlich. „Ab jetzt sind wir geschiedene Leute. Wir haben nichts mehr mit euch zu tun."

Alexis, Lee und Will nickten stumm und wandten sich dann zum Gehen.

„Hey, Moment mal!", hielt Leif sie auf. „Wo wollt ihr denn jetzt hin?"

„Sie müssen ihre Sachen packen", erklärte Will. „Sie fliegen zurück nach Hause."

„Was?", rief Chip entgeistert. „Ihr könnt doch jetzt nicht mehr nach Hause!"

Aber die Auserwählten hatten sich schon von ihnen abgewandt und liefen nun die Hauptstraße entlang zurück.

„Wieso rufen wir uns kein Taxi?", fragte Alexis gähnend.

„Es ist mitten in der Nacht", antwortete Mike, was jedoch kein wirklicher Grund war.

„Ein Taxi braucht zwei Stunden von Reykjavík bis hier und zurück noch mal dasselbe. Zu Fuß brauchen wir bis morgen Vormittag!", quengelte Alexis.

„Okay, okay", gab sich Mike geschlagen und zückte sein Handy. „Ich rufe ein Taxi."

Völlig erschöpft ließen sie sich also am Straßenrand nieder und warteten, bis anderthalb Stunden später das Taxi endlich ankam.
Kestrel war schon längst in Lees Armen eingeschlafen. Auch die anderen waren müde, hielten sich aber noch wach, bis sie im Hotel angekommen waren.
Will half Alexis beim Packen, Raven fuhr mit den anderen in deren Hotel.
Es blieb an Gazhalia hängen, Yrjas und Marys Sachen zusammenzupacken, während Raven bei Lee und Mike in den Koffern Ordnung schaffte. Gazhalia stand nun in Marys Einzelzimmer. Das Bett war gemacht, das Nachthemd lag ordentlich gefaltet auf dem Kopfkissen. Gazhalia wusste, dass dies Mary so angeordnet hatte und nicht das Zimmermädchen, denn Mary hatte in solchen Dingen immer einen Ordnungstick gehabt. Auch ihr Koffer war nicht ausgepackt. Alle Sachen, die sie im Moment nicht brauchte, hatte Mary wieder ordentlich hineingeräumt.
Gazhalia setzte sich im Schneidersitz aufs Bett, starrte vor sich hin und erinnerte sich an all die lustigen Dinge, die sie mit Mary angestellt hatte.
Ich erinnere mich ein letztes Mal an dich, meine Mary, dachte sie, ab jetzt trauere ich nicht mehr. Ich motiviere die anderen und zeige keinem, dass ich unglücklich bin. Ich habe jetzt keine Zeit mehr zum Weinen.
Sie wollte sich gerade erheben, da verlor sie das Gleichgewicht und plumpste wieder aufs Bett zurück. Sie hatte das Gefühl, das ganze Haus würde wackeln. Nein, das war gar keine Einbildung; das war ein Erdbeben!
Schon ein paar Sekunden später war es vorbei. Gazhalia sprang auf, rannte auf den Flur und klopfte zwei Türen weiter beim Jungenzimmer an.

Mike öffnete. „Das war heftig, was?", sagte er. „Meinst du, das war Yrja?"

„Yrja gibt es gar nicht mehr", antwortete Gazhalia. „Oder zumindest ist sie irgendwo ganz tief in ihrem Körper eingesperrt."

Mike und Gazhalia rannten zum Aufzug. Lee schnappte sich Kestrel. Raven sauste an ihm und auch an Gazhalia und Mike vorbei und nahm die Treppe. Kurz vor den anderen kam sie unten an und rannte auf den Platz vor dem Hotel. Leute hatten sich um etwas geschart.

Raven ließ ihren Blick schweifen und entdeckte sofort ihren Bruder Will und Alexis, die vergeblich versuchten, etwas zu sehen. Also flitzte Raven los, grub sich zwischen den Menschen durch in die Mitte. Was sie dort sah, erschreckte sie zuerst. Die Erde war vom Erdbeben aufgerissen, aber anstatt eines Risses hatte sich ein kreisrundes dunkles Loch aufgetan. Ängstlich wurde es von den Menschen beäugt, die größtenteils auf Isländisch tuschelten, aber durch die vielen Touristen, die das Hotel bewohnten, auch in vielen anderen Sprachen.

Raven wusste sofort, was zu tun war. Sie spürte es. Das war ein Portal, und es war für sie und die anderen Auserwählten bestimmt.

Gerade hatten es Will, Alexis und Lee mit Kestrel auf dem Arm geschafft, sich durch die Menschen zu graben, als Raven abgesprungen war und in der schwarzen Tiefe verschwand. Will und Alexis folgten ihrem Beispiel sofort. Lee drückte einem Passanten die kleine Kestrel in die Arme und sprang hinterher. Gazhalia drängte sich zwischen zwei beleibten Damen hindurch, als sie Lee im Dunkel verschwinden sah.

„Oh Mann, können die nie auf einen warten!", keuchte Mike hinter ihr.

„Los, hinterher!" Gazhalia packte Mikes Hand und sprang ab.
Sie fielen ins Ungewisse. Sie wussten weder, wie tief es war, noch wo sie landen würden, doch eines war gewiss: Es würde nicht mehr die ihnen bekannte Welt sein, und vielleicht gab es kein Zurück mehr.
Bald sahen sie unter sich rotes Licht, und als sie rasch näher kamen, erkannten sie rot gefliesten Boden. Mit der Kraft ihrer Runen bremsten sie den Fall ab.
Mit einem Mal wurde Gazhalia alles klar.
„Jetzt weiß ich genau, was unsere Mission ist", flüsterte sie, woraufhin die anderen fünf zu ihr kamen. „Laissa ist unsere Mission. Die auferstandene Laissa vernichten. Das ist unsere Mission."
„Laissa? Also... Yrja?", fragte Will traurig. Doch er kannte die Antwort.
„Den Elfen nach gibt es keine Chance, Yrja zurückzuholen", erklärte Gazhalia. „Es könnte sein, dass Yrja irgendwo in Laissa noch lebt. Aber vielleicht hat Laissa sie auch direkt umgebracht, als sie ihren Körper übernommen hat."
„Wir wissen es nicht genau, was sollen wir jetzt tun? Sie umbringen?" Mike wirkte unsicher. Er wollte Yrja nicht töten. – Aber wenn dies gar nicht mehr Yrja war?
„Aber eines verstehe ich nicht ...", warf Alexis ein. „Yrja hat immer Stimmen gehört. Die Elfen meinten, diese Stimmen wären unsere Feinde."
„Das sind sie auch. Das sind die Stimmen der Skelettkrieger, Laissas Armee", erklärte Gazhalia. Sie war sich nicht nur sicher, sie wusste es. Aber sie konnte nicht sagen, woher dieses Wissen auf einmal gekommen war.
„Aber wie kann denn Laissa eine Armee haben? Sie war doch tot", entgegnete Lee.

„Sie hatte diese Armee damals schon. Sie wollte die Runen machen und dann mit der Kraft der Runen und ihrer Armee die Welt unterwerfen", erzählte Gazhalia weiter. Sie fühlte sich, als hätte sie gerade ein Geschichtsbuch gegessen. „Doch bei der Erschaffung der letzten Rune, Kaun, starb Laissa. Ihre Armee hat hier unten auf die Wiedergeburt ihrer Seele gewartet und auf ihr erneutes Erwachen."

„Jetzt ergibt alles einen Sinn", murmelte Raven, und Mike und Alexis nickten stumm.

„Vor genau zwei Wochen fing alles an", erinnerte sich Gazhalia und ihr Blick schweifte in die Ferne. „Jetzt stehen wir vor dem großen Finale und wir werden nicht nur siegen! Wir werden Yrja zurückholen!"

„Und wenn's geht, noch die Zeit zurückdrehen", fügte Lee hinzu.

„Lass uns realistisch bleiben." Gazhalia sah ihn ernst an.

„Und das alles wollen wir schaffen, allein mit der Kraft unserer Runen? Ohne die Elfen?", fragte Alexis nun.

„Was haben die Elfen denn bisher schon getan?", fragte Gazhalia. „Gar nichts! Sie haben uns nie geholfen. Das waren wir selbst. Sie haben nur mit ihrem Erwachen aus der Rune unsere Kräfte aktiviert. Sonst nichts."

„Stimmt." Alexis schüttelte den Kopf. „Und sie haben uns gedrängelt und gehetzt und ausgeschimpft ..."

„Eigentlich nur Negatives", warf Lee ein.

„Die einzigen Elfen, die uns geholfen haben, waren die Bewohner vom Astarimtal", fügte Raven hinzu.

„Schade, dass wir sie nicht noch einmal rufen können", seufzte Gazhalia. „Der Stein ist hin."

„Das ist nicht ihre Schlacht. Diesen letzten Kampf kämpfen wir alleine." Mike legte ihr die Hand auf die Schulter.

„Um Mary zu rächen und Yrja zu retten!", rief Gazhalia.

„Genau!", stimmten alle anderen im Chor zu.

Dann sahen sie sich um. Sie befanden sich auf einem Steg aus roten Fliesen, an dessen Seiten glühende Lava floss. Das Ende des Steges verschwand nach beiden Seiten am Horizont, falls man das in der Unterwelt so nennen konnte.
Das Team der Auserwählten beschloss, der Flussrichtung der Lava zu folgen, und wie sich nach einigen Stunden Fußmarsch herausstellte, war dies die richtige Entscheidung gewesen, denn bald war in der Ferne etwas zu erkennen.
Als sie näher herankamen, sahen sie, dass es ein schwarzer Thron war, auf dem Yrja – oder zumindest ihr Körper – saß. Das Gesicht auf eine Hand gestützt, deren Ellenbogen auf der Thronlehne aufsaß. Den anderen Arm in die Luft ausgestreckt, als wolle er nach etwas greifen. Dasselbe unverkennbar kalte, tödliche Lächeln auf den Lippen.
„Laissa!", rief Gazhalia ihr entgegen.
„Welch Überraschung", entgegnete eine ihnen völlig fremde Stimme aus Yrjas Körper. „Ihr seid ja ganz kluge Köpfe. Schade, dass diese bald nicht mehr auf den dazugehörigen Hälsen sitzen werden."
Die in die Luft ausgestreckte Hand sank nun hinunter und zeigte auf die Gruppe der Widersacher, woraufhin der Steg hinter ihnen langsam in der Lava zu versinken begann. Die sechs Freunde retteten sich schnell auf die untersten Stufen des hohen Thrones.
Laissa erhob sich und streckte beide Hände in die Luft, wodurch die dunkle Wand hinter ihrem Thron verschwand und ihre Armee sichtbar wurde. Und was für eine Armee das war! Millionen und Abermillionen von Skeletten derselben Sorte wie jenes, das sie getötet hatten, standen dort – so viele, dass sie das Ende nicht sehen konnten.
„Oh Mann, wie viele sind das!?", stöhnte Gazhalia auf.

„Das ist eine zahllose Armee", lächelte Laissa mit ihrem bösartigen Lächeln. „Für jeden, der vernichtet wird, kommen zwei neue."
„Okay, legen wir los", gab Gazhalia das Startzeichen, obwohl sie sich nicht sicher war, was sie eigentlich tun sollte.
Will erzeugte eine Menge Kopien von sich, die auch auf der Lava stehen zu können schienen. Raven ließ ihre Rune wieder zu einer Axt werden.
„Waffen haben wir alle", sagte Raven. „Ihr müsst es nur ausprobieren."
Gazhalia konzentrierte sich auf Fe und spürte, wie die Rune sich tatsächlich verformte und sie kurz darauf ein langes, aber federleichtes Schwert in der Hand hielt. Mike erhielt ebenfalls ein Schwert, Alexis einen großen Bogen und Lee einen großen Hammer, dessen Kopfstück die Form eines Drachenkopfes hatte. Will hatte seine Illusionen nun fertiggestellt und formte aus seiner Rune ein Kurzschwert, was auch all seine Kopien nun in den Händen hielten.
„Ihr glaubt doch nicht ernsthaft, dass ich auch nur einen weiteren Skelettkrieger an euch verschwenden werde", lachte Laissa herablassend. „Oder wollt ihr etwa mit diesen lächerlichen Spielzeugen gegen mich kämpfen?"
Sie deutete einen Wink mit ihrer rechten Hand an und ließ sie dann wieder auf die Thronlehne sinken. Alexis schrie entsetzt auf, als ihr Bogen daraufhin zu schmelzen begann. Schnell ließ sie ihn fallen, um ihre Hände nicht zu verletzen. Auf dem Boden verwandelte er sich wieder in die Rune Þurs. Laissa streckte von oben die Hand danach aus und die Rune schwebte zu ihr hoch, als würde sie von einem Magneten angezogen.
Fassungslos blickte Alexis ihrer Rune nach.
Dann tauchte Firun neben der Rune aus dem Nichts auf und schrie wie am Spieß.

„Was hast du gemacht, Alexis!?", schrie sie und sah sich dann erst um, wo sie gelandet war. Verwundert schaute sie auf Alexis hinunter und wandte sich dann um. Als sie Laissas bösartiges Lächeln sah, erstarrte sie. Sie wusste, was jetzt kam. Sie würde wieder in die Rune eingeschlossen und diesmal für immer und ewig versiegelt werden.
„Wenigstens muss ich dann das Ende der Welt nicht mehr miterleben", seufzte Firun und warf Alexis einen letzten, von tiefer Trauer erfüllen Blick zu. Dann wandte sie sich ihrem Schicksal entgegen. „Hooray!"
Sie verwandelte sich wieder in ein leuchtend grünes Licht und verschwand in der Rune. Danach wurde es wieder dunkel. Laissa hängt sich die Rune Þurs um.
„Die größte Nervensäge als Erste für immer versiegelt", flötete Laissa fröhlich, wobei sie pausenlos ihr schreckliches Lächeln lächelte.
Alexis rannen die Tränen über die Wangen. „Hey, lass sie sofort wieder heraus! Das kannst du nicht machen!"
„Oh, das hättest du früher sagen müssen. Jetzt steht es nicht einmal mehr in meiner Macht, die Rune wieder zu entsiegeln. So ein Pech aber auch!"
„Du Monster!", schrie Alexis und rannte die Stufen zum Thron hinauf. Kurz bevor sie bei Laissa ankam, streckte die Hexe eine Hand nach vorne aus, und eine unsichtbare Kraft drückte Alexis die Kehle zu und hob sie hoch.
Alexis keuchte. „Lass mich hinunter! Du Hexe!"
Laissa ließ sie über die Lava schweben. „Soll ich dich wirklich hinunterlassen?" Immer noch hörte sie nicht zu lächeln auf.
„N-Nein!"
„O Gott, sie wird Alexis umbringen!", rief Gazhalia geschockt aus.
Raven war die Einzige, die ruhig genug geblieben war, um zu reagieren. Sie schleuderte ihre Axt genau auf Laissa zu.

Von diesem plötzlich Angriff war Laissa wirklich überrascht. Sie ließ von Alexis ab, um die Axt zu stoppen. Einerseits bekam Alexis nun wieder Luft, doch andererseits stürzte sie auf die Lava zu.

„Konzentriert euch!", rief Lee, und alle streckten die Hände nach Alexis aus. Was Laissa konnte, konnten sie auch! Wie magnetisch zogen sie Alexis an, kurz bevor sie in die Lava eintauchte. Sicher landete sie auf den Stufen des Throns bei ihren Freunden.

„Danke, Leute!" Sie rappelte sich auf. „Ihr habt mir das Leben gerettet!"

Währenddessen ließ Laissa die Axt in ihrer Hand schmelzen und sich zur Rune Reid zurückverwandeln. Jara tauchte aus dem Nichts neben ihr auf und schrie ebenso wie Firun vor Schmerz. Dann sah auch sie sich um und erkannte die Lage. Traurig senkte sie den Blick. „Ihr habt also verloren. Unsere letzte Hoffnung ist nun versiegt. Wenn dies unser Schicksal ist, soll es so sein."

Sie verwandelte sich wieder in weißes Licht und wurde so endgültig wie Firun in ihre Rune eingeschlossen.

„Wir haben noch nicht verloren! Noch stehen wir hier und sind alle sechs lebendig!", rief Mike Laissa wütend und entschlossen entgegen.

„Am Leben, ja", sagte Laissa lächelnd. „Jedoch nur vier von euch sind Auserwählte. Nur vier von euch haben noch Kräfte. Zwei sind nichts weiter als ganz normale Kinder!"

„Hat sie uns gerade Kinder genannt?", knurrte Raven zu Alexis.

„Sie ist doch selbst noch eins!", murmelte Alexis zurück. „Zumindest mit Yrjas Körper!"

„Wir vier müssen zusammen angreifen", sagte Gazhalia in dem Moment zu Will, Lee und Mike.

„Oh, zusammen", lachte Laissa. „Zusammen sind wir stark."

Sie streckte ihre Hände aus und alle vier Waffen flogen auf einmal auf sie zu und verwandelten sich wieder in die Runen Fe, Ur, As und Kaun. Kurz darauf erschienen Chip, Leif, Hawk und Phoenix aus dem Nichts, und nach ihrem Schmerzensschrei erkannten sie, wie auch Firun und Jara vor ihnen, sofort, wo sie waren.

„Sagt nicht, sie hat Firun und Jara eingeschlossen", sagte Leif unglücklich.

Die sechs Auserwählten senkten die Köpfe. Und als sie wieder aufsahen, waren auch diese Elfen wieder in ihren Runen versiegelt worden. Endgültig. Für immer. Niemals mehr rückgängig zu machen. Aus und vorbei.

Nun hatten sie alle keine Kräfte mehr. Sie konnten nichts mehr tun. Sie waren verloren.

„Noch eine Sache können wir tun", erinnerte Gazhalia verzweifelt. „Wir können versuchen, an Yrja heranzukommen!"

„Yrja?", fragte Laissa. „Die lebt doch schon lange nicht mehr."

Die Freunde erstarrten. Jetzt war es wirklich aus.

„Haben wir nicht gesagt, wir geben niemals auf?", fragte Gazhalia unter Tränen.

„Was sollen wir denn tun ohne Kräfte? Ohne Runen? Ohne Mary und Yrja?" Mike bedachte sie mit einem traurigen Blick.

„Was sollen wir nur machen ohne Kräfte?", äffte Laissa ihn nach, ohne ihr Lächeln zu unterbrechen. „Ich kann euch sagen, was ihr machen könnt!"

Sie stand auf und schritt die Stufen herunter zu den sechs Auserwählten, die nun keine mehr waren.

„Sterben könnt ihr!"

Sie wollte gerade ausholen, um sie allesamt ins Jenseits zu befördern, da überraschte Will alle Anwesenden. Er umarmte Laissa, worauf diese erst einmal verwirrt und erschrocken zugleich innehielt.

„Ach, Yrja, komm bitte wieder zurück", sagte Will traurig. Er hatte nichts mehr zu verlieren. Genau wie alle anderen auch. Jeder Versuch zählte.
Laissa bekam ihre Verwirrung gerade wieder unter Kontrolle, da umarmte auch Gazhalia sie und Will. Mike, Lee, Raven und Alexis schlossen sich an.
„Yrja, ich weiß, dass du noch lebst", flüsterte Gazhalia. „Du gibst doch sonst nie so schnell auf. Was fällt dir ein, so ein Theater abzuziehen, wenn's ums Ende der Welt geht!"
Laissas Blick wurde leer, doch dann hatte sie sich wieder gefasst. Sie befreite sich aus den Umarmungen und ging rückwärts. Ihr Blick war wieder klar.
Nun glaubten die Freunde, es sei wirklich alles verloren. Doch etwas stimmte nicht.
„Sie lächelt gar nicht mehr", bemerkte Will.
Das war nicht Laissa, die dort stand und sich nun skeptisch umsah.
„Wo bin ich denn hier?", fragte sie nun.
„Yrja? Bist du's?", fragte Mike vorsichtig.
„Natürlich, wer soll ich denn sonst sein?", gab diese zurück. „Aber was hab ich denn für Klamotten an? Und wo sind wir hier? War ich ohnmächtig?"
Sie konnten es nicht fassen. Raven verlor zum ersten Mal die Fassung, sank auf die Knie und weinte los. Lee setzte sich zu ihr und nahm sie in den Arm.
„Was hat sie denn?", fragte Yrja verwirrt. „Kann mich mal einer aufklären?"
Gazhalia musste lachen. Lachen vor Glück, vor Freude, dass sie noch lebten – und dass Yrja noch lebte.
„Hey, Yrja, dein zweites Ich ist die Hexe Laissa!", rief Mike, als wäre es das Unwichtigste der Welt. „Hinter dir steht deine Armee. Willst du sie nicht auslöschen?"

„Was? Wie? Wo?" Yrja drehte sich um und staunte über die Massen an Skeletten, die dort standen und nur auf ihren Befehl warteten. „Wie, das ist meine Armee? Ich hab eine Armee? Und wie steuere ich die? Seit wann habe ich denn solche Kräfte?"
Yrja streckte ihre Arme aus und sagte: „Löst euch alle für immer in Luft auf!"
Die Skelette gingen eins nach dem anderen in Flammen auf und nichts blieb übrig, nicht einmal ein Häufchen Asche.
„Wow!" Yrja bestaunte ihre Hände. „Ich bin aber mächtig."
„Nun werde mal nicht wahnsinnig", warnte Will lächelnd.
Sie erwiderte sein Lächeln und diesmal war es das Lächeln, das sie von der echten Yrja auch so gut kannten: Ein warmes, freundliches Lächeln.
„Bring uns mal hier raus, Yrja", forderte Lee sie auf, und Yrja tat, was er sagte. Sie wusste selbst nicht, wie sie schaffte. Sie tat es einfach. Und nun standen sie alle auf dem Platz vor dem Hotel. Das Loch in der Erde war verschwunden. Kein Mensch war zu sehen. Nur Kestrel saß mitten auf der Straße und winkte ihnen entgegen.
„Als hätte es nie ein Erdbeben gegeben", staunte Alexis.
„Es hat ein Erdbeben gegeben?", fragte Yrja neugierig.
„Das hast du selbst ausgelöst", knurrte Mike sie spielerisch an.
„Oh, muss mir wohl rausgerutscht sein", grinste Yrja fröhlich zurück.
„Eigentlich hatte diese Sache auch ihr Gutes", gab Raven zu, „schließlich hat Yrja nun ihre wahren Kräfte entdeckt."
„Oh ja, und ich kann auch die Elfen sehen", freute sie sich.
„Ach, wo wir gerade davon sprechen: Wo sind denn unsere Hüter?"
Die Gesichter der sechs anderen wurden bedrückter.

„Sie sind für immer und ewig wieder in die Runen eingeschlossen worden", jammerte Alexis.
„War ich das etwa?", fragte Yrja besorgt, doch sie wusste die Antwort schon. Dann bemerkte sie, dass sie alle Runen um ihren Hals trug, nahm sie ab und gab sie den rechtmäßigen Besitzern zurück.
„Tja, Kräfte haben wir nun leider trotzdem keine mehr." Betrübt blickte Will auf seine Rune. „Ich hatte Phoenix gern, obwohl ich ihn erst seit gestern kannte."
„Ach, Firun …", klagte Alexis. Doch als eine Träne auf ihre Rune fiel, begann diese zu leuchten. Auch alle anderen leuchteten in ihren Farben. Die Runen glühten nicht heiß, wie beim ersten Erwachen der Elfen, sie glühten nur warm und das Leuchten war stark. Wieder – wie beim ersten Mal – stieg das Leuchten aus den Runen herauf. Sie erkannten deutlich, wie sich das Siegel öffnete, denn es sah aus wie ein Band, dass in der zugehörigen Farbe um das Leuchten geschlossen war. Dieses Band öffnete sich nun und verschwand bei allen sechs gleichzeitig. Erwachten die Elfen wieder?
Das Leuchten wurde größer und größer und wuchs, bis es gleichgroß mit den Runenträgern war. Dann nahm ein jedes die Form eines Menschen an, und schließlich standen die sechs Elfen vor ihnen, jeder vor seinem Partner – jedoch in voller Lebensgröße.
Yrja staunte und auch die anderen Freunde machten große Augen.
„Wie ist das möglich? Das Siegel wurde gelöst? Das kann doch nicht sein!?" Firun sah an sich herunter. „Wow! Was …?" Dann sah sie auf und blickte einer gleichgroßen Alexis genau in die Augen. „Ach du Sch…"
Alexis weinte vor Freunde und umarmte Firun. Die anderen taten es ihnen gleich.

„Das… Das ist unglaublich!" Chip kam aus dem Staunen nicht mehr heraus. „Das ist toll, so groß zu sein!"
„Aber wir haben keine Flügel mehr", lenkte Leif ein. „Das ist ein seltsames Gefühl …"
„Heißt das etwa, wir sind jetzt Menschen?", fragte Hawk in die Runde.
„Also, meine Ohren sind immer noch spitz, aber nicht mehr so lang", bemerkte Phoenix.
„Aber wie können sie jetzt Menschen sein?", wollte Mike wissen. „Sie existieren für die Menschheit gar nicht. Wo sollen sie denn hingehen?"
„Können sie jetzt von jedem gesehen werden?", warf Lee ein.
„Ihr verpasst noch euren Flug", mischte sich Will ein. Er sah traurig aus.
„Kaum sind alle glücklich vereint, müssen wir uns auch schon wieder trennen", schmollte Raven, die nun so weit aus sich herausging und sich wie eine normale Dreizehnjährige benahm.
„Ich glaube, es gibt gar keinen Flug mehr für uns …", murmelte Gazhalia und tippte Mike auf die Schulter. „Ich fass es nicht."
„Was denn? Wo guckst du hin?" Mike folgte ihrem Blick. Dann erstarrte auch er.
„Wer ist denn die Frau? Kennt ihr die etwa?", wollte Alexis wissen.
„Das… das ist meine Mutter!", rief Gazhalia. „Was macht die denn hier?"
Faith kam fröhlich winkend auf Gazhalia und ihre Freunde zu. „Hallo, Gazha, was steht ihr denn hier mitten auf der Straße herum?"
„Was machst du hier?", fragte Gazhalia ihre Mutter entgeistert.

„Ich war einkaufen", erzählte Faith, als wäre alles ganz normal. „Du und Chip kommt mir heute Abend aber nicht zu spät nach Hause, klar?"
Faith wandte sich ab und ging wieder.
„Sind wir alle gestorben und das ist der Himmel oder was geht hier ab?", fragte Gazhalia ihre Freunde.
„Die Geschichte wurde für uns umgeschrieben", klärte Yrja sie auf. „Ich habe neue Erinnerungen, von denen ich weiß, dass sie nicht wahr sind. Aber ich habe sie. Erinnert euch mal …"
Die Freunde dachten nach und bemerkten, dass sie zusätzliche, neue Erinnerungen hatten – als hätten sie zwei Leben gelebt. Sie wussten, welche Erinnerungen falsch waren und welche wahr. Aber die falschen waren die neue Realität.
Die Runenträger und die Hüter der Runen waren jeweils Geschwister und alle lebten sie in Island. Gazhalia hatte nie in New York und auch nie in San Fransisco gelebt, sondern war direkt mit ihrer Mutter nach Island gezogen, die seither hier lebte und noch immer Single war. Lee lebte schon seit seiner Geburt in Island und Mary hatte niemals existiert – nur in der Erinnerung der sieben Freunde und der sechs ‚ehemaligen Elfen', die nun Menschen waren.
Mike lebte zusammen mit seinem Vater seit sechs Monaten in Island. Er war hierher gezogen, weil sein Vater wieder geheiratet hatte und unter den anonymen Alkoholikern sein Problem zu beheben versuchte.
Wills Familie wohnte in Reykjavík in einem Haus. Nebenan wohnten Alexis auf der einen und Yrja auf der anderen Seite. Alexis, Firun und Yrja gingen in dieselbe Klasse. Mike, Lee, Chip, Gazhalia und Hawk in die Parallelklasse. Leif, Will, Phoenix und Jara waren eine Klasse höher. Nur Raven war noch allein, doch in den Pausen trafen sich die Freunde regelmäßig.

Das waren ihre neuen Erinnerung, die neue Realität, die ihnen praktisch fertig auf dem Silbertablett serviert wurde, ohne dass sie ablehnen konnten.

„O Mann", stöhnte Will, „jetzt hab ich außer zwei nervigen Brüdern und den zwei Schwestern Kestrel und Raven auch noch Jara als Zwillingsschwester und Phoenix als großen Bruder. Das nenn ich eine Großfamilie!"

„Unsere Kräfte haben wir wieder, aber wir brauchen sie nicht mehr", stellte Gazhalia fest. „Es ist trotzdem ein gutes Gefühl, sie noch immer zu haben."

„Kommt, lasst uns herausfinden, wo wir alle wohnen!", grinste Alexis.

„Ich will erst ins Kaufhaus! In diesen Sachen kann ich nicht herumlaufen." Yrja sah an sich herunter. Sie trug noch immer Laissas dunklen, königlichen Mantel.

„Wir haben noch lange Ferien", bemerkte Mike, „Was wollen wir als Erstes unternehmen?"

„Wisst ihr", begann Raven, „wir waren lange nicht mehr bei den Geysiren. Wollen wir nicht einen Ausflug ins Astarimtal zu König Argonath machen? Wir müssen uns noch bei Crow und Eagle dafür bedanken, dass sie uns geholfen haben!"

Gazhalias Augen leuchteten. So glücklich war sie noch nie in ihrem Leben gewesen. „Also erst ins Kaufhaus und dann ab ins Astarimtal!"